FANTASY FRONTIER SPIRIT
이성현 판타지 장편 소설

ARCHIMAGE OF
IMMORTAL

불멸의 대마법사 8

이성현 판타지 장편 소설

초판 1쇄 찍은 날 § 2012년 8월 27일
초판 1쇄 펴낸 날 § 2012년 9월 3일

지은이 § 이성현
펴낸이 § 서경석

편집부장 § 권태완
편집책임 § 박우진
디자인 § 이혜정

펴낸곳 § 도서출판 청어람
등록번호 § 제1081-1-89호
등록일자 § 1999. 5. 31
어람번호 § 제1-1450호

주소 § 경기도 부천시 원미구 심곡2동 163-2 서경B/D 3F (우) 420-822
전화 § 032-656-4452팩스 § 032-656-4453
http://www.chungeoram.com
E-mail § chungeoram@chungeoram.com

ISBN 978-89-251-2985-3 04810
ISBN 978-89-251-2640-1 (세트)

CONTENTS

Chapter 63
뒤엉키는 건 귀찮아

1

비공정 내 의무실 안에는 적막이 감돌았다.

투항한 와이번 라이더 레니는 침대 위에 누워 일주일이 넘게 잠에서 깨어날 줄 몰랐다. 몸에 입은 부상은 쉐스의 힐링으로 모두 치료가 되었지만 한 달이 넘게 투옥된 탓에 기력 자체가 쇠한 상태였다. 잠들어 있는 도중 몇 번이나 누군가의 이름을 외치며 괴로워하기도 했고, 부들부들 떨면서 악몽에 시달리기도 했다.

엘레노어와 함께 페르디어스어를 할 줄 아는 레이지는 의무실 벽에 등을 기대고 서서 여러 상황을 머릿속에서 추측하며 다각도의 결론을 내렸다. 하지만 어디까지나 레니의 이야기를 들어야 확신할 수 있는 상상에 불과했다.

"으… 으윽."

바로 그때, 레니가 머리를 감싸 쥐며 상체를 일으켰다.

그녀는 두 눈을 가늘게 뜨고서 의무실 천장을 쳐다보더니 방 이곳저곳을 유심히 살폈다.

"여긴 어디지?"

레니의 입에서 페르디어스어가 흘러나오자 쉐스는 침대 옆 의자에서 일어나 비켜섰다. 그 자리에 대신 앉은 이는 레이지였다.

"비공정 지하 1층에 위치한 의무실이다."

"나는… 비공정을 찾아 갑판 위에 내렸고, 그 뒤에……."

"공주의 이름을 읊다가 기절했지. 다시 한 번 말하지만 정말 대단한 근성이야. 그런 몸으로 먼 거리를 날아온 것 하며, 날개가 거의 망가진 와이번을 기를 쓰고 조종한 것도 포함해서 말이지."

"와이번? 내가 타고 온 와이번은 어떻게 되었지?"

다급해진 그녀의 말투에 레이지는 조용히 손가락을 들어 천장을 가리켰다.

"워낙 덩치가 커서 의무실로 데리고 가긴 무리였지. 그래서 갑판에 임시로 보호소를 설치하고 치료를 완료했다. 생각보다 온순한 성격이라 선원들이 돌보기에 용이했더군."

"당장 내 눈으로 확인해야겠어."

레니는 이불을 옆으로 치우고 침대에서 내려오려고 했지만 이내 다리가 후들거리면서 무게중심을 잡지 못했다. 레이지는 잽싸게 그녀를 부축해서 도로 침대 위에 눕히고 살며시 웃었다.

"우선 배부터 채우는 게 좋을걸?"

2

2시간이 넘게 진행된 이야기가 끝나자 레니는 피곤함을 견디지 못하고 다시 잠에 빠져들었다. 그녀가 깨지 않도록 조심스럽게 방문을 닫고 복도로 나온 레이지는 쉐스를 먼저 돌려보내고 홀로 생각에 잠겼다.

'페르디어스 왕국 내의 권력 분쟁이 그렇게 심각해졌을 줄은 몰랐어. 그들 입장에선 외부보단 내부의 전쟁이 더 커졌다고 할 수 있겠군.'

평소 차기 왕위를 호시탐탐 노리던 팰컨 왕자는 경쟁자인 트레이지아 공주를 본국으로 압송시켰다. 적과의 내통을 이유로 여동생을 가둔 왕자는 그 후 수도로 돌아가 공주와 관련된 자들을 모조리 체포했다. 그리고 모진 고문의 결과 내통 혐의는 반란 모의로 부풀려졌다.

현재 페르디어스 왕국의 수도 베르오나 성 입구에는 역모 혐의로 사형된 자들의 머리가 매달려 있다. 하루에 한 개씩 그 머릿수가 늘어나고 있는 중이며, 맨 마지막에 달릴 목은 누구의 것인지 뻔했다.

'레스톤 왕자와 다를 바 하나 없어. 팰컨 왕자 역시 베릭쿠스와 손을 잡았으면서 막상 권력을 차지하는 것에만 눈이 시뻘개져 있어. 지금 병력을 거둘 입장이 아닐 텐데?'

길레터 왕국을 베릭쿠스의 마수에서 구할 수 있었던 건 비공정의 등장이 큰 부분을 차지했지만 지독하게 길레터 왕국군을 괴롭혀 왔던 와이번 라이더들의 부재도 무시할 수 없었다.

그 이유가 권력 쟁탈을 위해서였다니.

레이지는 팰컨 왕자의 선택에 기가 찰 뿐이었다. 권력도 나라가 있어야 성립하는 법이다. 지금 당장 팰컨 왕자가 페르디어스 왕국을 움켜쥐었을지 몰라도 거의 멸망 직전까지 몰렸던 길레터 왕국을 되살아나도록 놔둔 결정은 그의 뒤통수를 칠 게 분명하다.

'그렇다면 다음 목표는 명확하군.'

투옥되어 있는 트레이지아 공주를 구출한 뒤, 그녀를 따르는 세력을 규합해 페르디어스 왕국을 둘로 나누기로 결정했다. 무엇보다 여성이 왕위에 오르는 특이한 권력 계승 체계는 왕자보다 공주 쪽에 정통성을 더욱 부여해 준다.

결정한 이상 망설일 이유는 없다. 레이지는 엘레노어와 상의하게 위해 함장실로 향하는 계단 쪽으로 걸어갔다.

3

"흐음?"

막상 함장실에 도착하자 있어야 할 엘레노어의 모습이 보이지 않았다. 대신 함장석에 앉을까 말까 고민하며 주변을 왔다 갔다 하고 있는 오를레앙이 레이지의 시야에 들어왔다.

"전하, 엘레노어는 어디 갔습니까?"

"아! 마침 잘 오셨습니다!"

오를레앙은 다짜고짜 레이지의 손을 붙들고선 함장실 밖으로 나갔다. 그리고 선수 쪽으로 가더니 아래를 가리켰다.

"저 복장은… 성당기사단?"

지상으로부터 5미터 위에 떠 있는 비공정 아래에는 100여 명에 가까운 성당기사단원이 집결한 상태였다. 그들 앞에 지휘관으로 보이는 남자와 회색 로브를 걸친 여성이 있었고, 맞은편에는 엘레노어가 팔짱을 끼고서 약간 삐딱하게 서 있었다.

"한 30분 전부터 비공정 아래에 모여 있었습니다. 비공정의 책임자를 부르기에 엘레노어님이 내려가셨고요."

"뭔지 모르겠지만 과히 좋은 분위기라 하기 힘들군요."

레이지는 눈에 마법을 걸어 시력을 증폭시킨 뒤 서로 마주 보고 있는 세 남녀의 얼굴을 유심히 살펴보았다. 그들 중 한 여성의 얼굴을 보자마자 레이지는 입술을 씰룩거리며 표정을 일그러뜨렸다.

"아는 사람이라도 있습니까?"

"알다마다요. 절대 잊을 수 없는 년입니다."

레이지는 오른손을 주먹 쥐더니 왼 손바닥에 치면서 피식하는 웃음소리를 냈다.

'칸나 저년이 어떻게 이곳으로 온 거지? 아니, 그것보다 기사단원과 함께 있다는 게 이해 불가능이야.'

대륙 전쟁 당시 교단이 반 제국 측에 서서 싸우긴 했지만 딱히 다른 세력과 동맹하지 않고 단독으로 참여한 건 잘 알려진 사실이다. 반 제국 측의 선봉인 제이워드는 교단 측의 협력을 받아 데릭이 이끄는 성당기사단원과 손을 잡긴 했지만 이는 제이워드의 돌격부대 자체가 특정 국가를 위해 싸우지 않았기에 가능한 일이었다. 게다가 데릭의 사망 이후 교단 측은 베아트리체를 보내기만 했을 뿐, 전력적 지원을 하지 않고 단독으로 움직였다.

아무리 생각해도 의문이 풀리지 않았기에 직접 대면해서 이야기하는 수밖에 없었다. 무엇보다 칸나와 이야기하고 있는 엘레노어의 표정이 상당히 좋지 않은 바, 뭔가 일이 터지기 일보 직전의 상황이었다. 레이지는 갑판과 지면 사이의 거리를 대충 계산한 뒤 부유 마법을 시전하기 시작했다.

4

"그러니까, 교단과 손을 잡으시면 모든 일이 원활하게 풀린다니까요? 괜히 사서 고생하시지 마시고 쉬운 길을 택하는 현명한 판단을 기대할게요."

칸나는 마치 자신이 교단의 대표자라도 된 듯이 의기양양한 태도로 말을 늘어놓았다. 반면 그런 그녀를 바라보는 엘레노어의 표정은 싸늘하다 못해 찬바람이 휭휭 불 정도였다.

"아, 말이 나온 김에 당신도 교단에 귀의하시지 그래요? 베르시아님의 가르침을 실천하기엔 아무래도 마법사보다 이쪽이 훨씬 낫지요."

'베르시아의 가르침 좋아하시네.'

엘레노어는 어이없다는 표정으로 칸나를 바라봤다. 하고 싶은 말이 산더미 같았지만 입 밖으로 내면 어찌 될지 뻔히 보였기에 인내심을 발휘하며 참아야 했다.

대륙 전쟁 초반, 교단과 제국이 어떤 관계였는지 잘 알고 있는 그녀이기에 성당기사단원을 바라보는 시선은 결코 곱지 않았다. 물론 데릭 같이 생사를 함께한 동료도 있었지만 그건 성당기사단원이어서가 아니라 '데릭'이었기에 가능한 일이었다. 그녀가 봐온 그 어떤 인물보다 고귀한 성당기사였던 데릭이 말한다면 모를까, 풋내가 풀풀 나는 칸나의 말을 듣는 것만으로도 귓속이 썩어 들어가는 기분이었다.

　칸나 옆에 서 있는 성당기사단장 쉘턴 T. 헤이워즈는 두 여성 사이의 분위기가 심상찮은 걸 알고 있음에도 뒷짐을 지고 지켜보기만 했다. 자신이 말을 꺼내기도 전에 칸나가 먼저 분위기를 엉망진창으로 만들어놓은 터라 이성적인 자세로 나온다 하여도 엘레노어의 태도가 변할 리 만무했다.

　"이제 할 말 다 했냐?"

　"네?"

　"지껄일 거 다 지껄였냐고."

　돌연 엘레노어의 말투가 거칠어지자 칸나는 놀란 나머지 입을 멍하니 벌리고 할 말을 잃어버렸다.

　"그 녀석이 했던 일들 중 가장 최악은 제자 고르는 눈이 전혀 없었다는 거야. 평소에는 그냥 그러려니하고 넘어갔는데 널 보니 확실히 깨달았어."

　"무, 무슨 소리죠?"

"무슨 소리긴. 말로 안 통하는 상대에게 뭘 할지 뻔하잖아?"

엘레노어가 서 있는 자리에 커다란 마법진이 생성되더니 강렬한 마나가 주변으로 빠르게 퍼져 나갔다. 지면이 뒤흔들리면서 무수한 돌조각들이 서서히 위로 떠올랐다.

"엘레노어님! 이러시면 곤란합니다! 이성을 찾으십시오!"

쉘턴은 겁에 질려 벌벌 떨기만 하는 칸나를 뒤로 밀쳐 내고선 손을 내밀며 엘레노어를 저지하려고 했다. 하지만 엘레노어가 펼친 마나의 장벽에 뒤로 밀려날 뿐이었다.

"이성? 그 이성을 잃어버리게 한 장본인에게 물어봐."

쉘턴은 몸을 뒤로 돌려 이 사태를 불러일으킨 칸나를 못마땅한 표정으로 노려보았다. 여전히 칸나는 뭐가 뭔지 상황판단조차 못하고 그가 뭔지 해주기만을 기다렸다.

100여 명의 성당기사단원이 일제히 검을 뽑아 들려고 했지만 엘레노어의 마나에 압도되어 몸조차 제대로 가눌 수 없었다. 아니, 오히려 다행이었다. 만약 그들 중 한 명이라도 검날을 보인다면 그 즉시 엘레노어의 마법이 발동되었을 테니까.

엘레노어의 입과 두 손이 각기 다른 마법을 준비하기 시작하자 칸나의 안색이 새파랗게 질렸다. 같은 마법사임에도 엘레노어가 시전 중인 마법의 위력이 소모되는 마나량만으로도 얼마인지 짐작할 수 없었다. 이대로 그녀의 마법이 완성된다면 쉘턴은 몰라도 다른 이들의 생명은 보장할 수 없는 일촉즉발의 상황이었다.

바로 그때, 비공정 위에서 누군가가 뛰어내렸고 그와 동시에 엘레노어는 주변에 펼쳤던 마나를 순식간에 거두어들였다. 부유 마법으로 무사히 착지한 소년은 손등으로 식은땀을 훑으며 엘레노어에게 다가갔다.

"이러시면 곤란합니다."

"너냐?"

레이지를 알아본 엘레노어는 왜 이리 늦었냐며 짜증을 부리며 혀를 찼다.

"어떤 일이 있었는지 모르겠지만 우선 진정하십시오. 성당 기사단 여러분, 괜찮으십니까?"

그들을 짓눌렀던 마나는 사라졌지만, 그 여파는 여전히 남아 있어서인지 대부분 비틀거리며 몸의 중심을 바로잡기에 여념이 없었다.

"엘레노어님께서 다소 욱하는 성격인지라……. 대신 사과드리겠습니다."

하지만 그 누구도 레이지의 사과를 제대로 받아들일 상황이 아니었다. 칸나는 땅바닥에 주저앉은 체 쉘턴의 다리를 붙들고 벌벌 떠는 중이었다.

"그나저나 교단 분들께서 이곳을 찾아오실 줄 몰랐습니다.

어떤 용무로 오셨는지 설명해 주실 수 있겠습니까?"

"그, 그게……."

"저는 예하의 명을 받고 파견된 성당기사단장 쉘턴 T. 헤이워즈라고 합니다. 대마법사 제이워드님의 제자 레이지님이 맞으십니까?"

또 한 번의 불찰을 막기 위해 쉘턴은 칸나의 말을 도중에 끊으며 끼어들었다. 아주 잠깐에 불과했지만 엘레노어가 보여준 막강한 마나를 다시 겪기 싫었다.

"네, 제가 레이지입니다."

"사실 저희가 이곳에 나타난 이유는 다름이 아니라… 이거 놓으십시오."

쉘턴은 여전히 자신의 다리를 붙들고 놔주지 않는 칸나에게 짜증 섞인 표정을 보이며 떨쳐 내려고 했다. 하지만 그녀의 두 팔은 찰거머리처럼 떨어질 줄 몰랐다.

"아무래도 이곳에서 이야기를 나누기엔 부적합한 것 같군요. 뭔가 분위기도 심상치 않고요."

비공정 아래에서 진을 칠 때까지만 하더라도 의기양양하던 기사단원들의 표정에는 공포가 사리 잡았다. 그 누구도 레이지 옆에 서 있는 엘레노어와 시선이 마주치기를 꺼려했다.

"마침 여기에서 멀지 않은 곳에 제 본가가 있습니다. 그곳에 가서 이야기를 나누는 게 어떻습니까? 왠지 다들 지쳐 보이기도 하니.”

“더 가까운 곳은 비공정이 아닙니까?”

“현재 비공정은 보안상의 이유로 승무원이 아닌 그 누구의 탑승도 허락할 수 없는 바, 양해 부탁드립니다.”

은근슬쩍 비공정에 들어가려는 쉘턴의 의도를 레이지는 단호하게 차단했다. 그들이 한번 비공정에 발을 디딜 경우 여러 핑계를 대면서 떠나려 하지 않을 게 뻔했기 때문이다.

“게다가 이렇게 많은 인원을 비공정 위로 이동시키려면 엘레노어님의 마법이 필요한데, 괜찮겠습니까?”

마법이라는 말에 기사단원들은 일제히 고개를 가로저으며 진저리를 쳤다.

“전 잠시 엘레노어님과 이야기 좀 나누겠습니다. 그 뒤 제가 직접 여러분들을 안내하겠습니다.”

레이지는 엘레노어를 데리고 기사단원들로부터 멀리 떨어진 곳으로 자리를 옮겼다. 엘레노어는 커다란 바위 위에 턱하니 앉더니 두 다리를 꼬았다.

“아까 그 마법은 일부러 그런 거지?”

레이지의 말에 엘레노어의 싸늘했던 표정이 일순간 사라졌다.

“네가 욱하는 성격이긴 해도 아무런 생각 없이 그렇게 돌발행동을 할 리 없지. 아까 갑판 위에 있던 날 흘깃 쳐다보더니 태도가 확 바뀌던데?"

"눈치챘구나?"

"덕분에 부랴부랴 부유 마법을 걸어야 했다고."

"교단의 권위만을 믿고 고자세로 나오는 놈들이니 한 번쯤 겁을 줄 필요는 있었어."

실제로 기사단원들 대부분은 그녀의 마나에 압도되어 기가 질린 상태였다. 특히 칸나의 경우 두말할 나위 없었다.

"그래도 감정이 다소 섞여 있던데?"

"그건 네 탓이야. 이미 끝난 일 가지고 뭐라 할 마음은 없지만 제자 좀 보는 눈 키워라. 저딴 년이 대마법사 제이워드의 제자였다니, 스승 입장에서 부끄럽지도 않아?"

그녀의 질책에 레이지는 뒤통수만 벅벅 긁을 뿐이었다. 그가 인정하는 유일한 실책을 굳이 부정할 생각은 없었다.

"보아하니 비공정에 대해 뭔가 수작을 꾸미는 것 같으니 어떻게든 잘 말해봐. 난 저 녀석들 더 이상 상대할 기력 없어."

"나 혼자서? 넌 빠지고?"

"함장인 내가 자리를 비우라는 말은 이니겠지? 무엇보다 저 칸나라는 년의 말을 또 들었다간 진짜 뭔가 저지를지 몰라. 그래도 좋다면……."

엘레노어의 손에 마나가 모이기 시작하자 레이지는 고개

를 가로저었다. 땅바닥에 주저앉아 마음 놓고 쉬고 있던 기사단원들은 멀리서 마나의 기운이 느껴지자 화들짝 놀라며 한꺼번에 일어섰다.

"그러면 내가 알아서 잘 말해볼 테니 너는 비공정을 지켜줘."

"미리 말해두겠지만, 저년 엄청 짜증나. 너야말로 폭발하지 않도록 주의해."

"어쩌겠냐. 내가 저지른 일이니 내가 수습하는 수밖에."

레이지는 어깨를 축 늘어뜨리더니 길게 한숨을 내쉬었다. 칸나는 그에게 있어서 복수의 대상이라기보단 골칫거리로 변한 지 이미 오래였다.

5

100여 명의 성당기사단원이 레이지를 따라 크로이덴가에 도착하자 저택 안은 발칵 뒤집어졌다.

편히 휴식을 취하고 있던 하녀들마저 동원되어 기사단원들이 머무를 방들을 구석구석 청소하기 바빴고, 부엌 안은 100여 명의 식사를 만들기 위해 정신없이 돌아갔다. 귀족 가문의 저택 치고 그리 크지 않았던 터라 정원에 따로 의자와 테이블을 공수해 설치하는 일만 해도 장난이 아니었다.

잠시 볼일이 있어서 포르테가의 저택으로 떠났던 가주 케인즈는 부랴부랴 돌아와 성당기사단장 쉘턴을 자신의 집무실로 안내했다. 그동안 레이지 때문에 수많은 거물들을 만났던 그였지만, 교단의 핵심 인물이 방문하기는 처음이었던 터라 긴장을 늦출 수 없었다.

현재 집무실 안에는 레이지와 케인즈, 그리고 쉘턴과 칸나가 탁자를 사이에 두고 앉아 있었다. 저택에 도착해서도 한동안 불안함을 떨칠 수 없었던 그녀는 집사 페리슨이 내온 차를 넉 잔이나 마신 뒤에야 안정을 되찾았다.

"그러면 슬슬 본론으로 들어가 보는 게 어떻습니까?"

레이지는 칸나를 앞에 두고 시간을 오래 끌 마음은 조금도 없었다. 자신이 저지른 '확실한' 실책을 눈앞에 두고 있다는 사실만으로도 레이지의 마음속에서 짜증이 피어올랐기 때문이다. 물론 전혀 티내지 않고 대외용 미소로 맞이했지만.

"그러면 말씀드리도록 하겠……."

"현재 예하께서는 사악한 베릭쿠스의 야망을 저지한 레이지님의 무용을 높게 평가하고 계십니다. 특히 고대 문명의 유산으로 알려졌던 비공정을 이끌고 오셨다는 점에서 많은 관심을 가지고 계십니다."

똑같은 실책을 저지르지 않기 위해 쉘턴은 칸나의 말을 또 한 번 끊었다. 순간 기분이 확 상해 버린 칸나는 연거푸 차를 마실 뿐이었다.

"공중을 마음대로 활보할 수 있는 비공정의 전략적 가치는 상당합니다. 정예병력을 지형적 제한을 극복하고 이동시킬 수 있다는 점에서 앞으로의 전황을 유리하게 이끌 수 있음은 분명하지요."

실제로 직접 보기 전까지 쉘턴은 비공정의 존재 자체를 믿지 않았다. 하늘을 나는 배라니, 말도 안 된다며 뭔가 속임수가 있을 거라며 직접 확인해 보겠다며 호언장담했다.

하지만 웅장한 크기의 배가 허공에 높이 떠 있는 걸 보자 떡 벌어지는 입을 다물 수 없었다. 같이 동행한 칸나마저도 놀람을 감추지 못하고 직접 올라타 봐야겠다고 떼를 쓸 정도였다.

"지금 비공정에 탑승한 분들의 실력은 교단 측에서도 인정할 정도입니다. 프레드릭 경을 비롯하여 엘레노어님, 그리고 레이지님을 비롯한 다른 분들이 지난 길레터 왕국 탈환작전에서 펼친 무공은 굳이 설명할 필요가 없겠죠. 그러나 확실하게 베릭쿠스의 야망에 종지부를 찍기 위해선 더 강한 힘이 필요합니다."

쉘턴의 말을 들으며 레이지는 고개를 끄덕거렸다.

그 역시 비공정에 더 많은 인재들이 모이기를 기대하는 중이었다. 하지만 그것을 핑계로 교단의 인간이 끼어드는 건 원치 않는 방향으로의 전개였다.

"예하께서는 지금 전 대륙을 직접 두 발로 돌아다니며 절망에 빠진 이들을 구원하고 계십니다. 그와 별개로 성당기사단 측에선 최정예 병력을 꾸려 레이지님의 부담을 덜어주려는 계획 중입니다."

"그 말인즉슨, 베릭쿠스와의 대결에 직접 참여한다는 의미입니까? 교단이?"

교단과 베릭쿠스가 어떤 관계인지 뻔히 알고 있는 레이지의 입장에선 기가 찰 노릇이었다.

그러나 여기에서 노골적으로 적대감을 드러내서는 안 된다. 아직 교단의 야망이 드러나지 않은 상황이니만큼 우회적으로 거절의 의사를 표해야 했다.

"저희들을 도와주시겠다는 마음은 감사합니다. 하지만 지금 당장은 특별히 병력을 보충하거나 특정 세력의 도움을 받을 의향은 없습니다."

"레이지님의 스승이신 제이워드님께서 대륙 전쟁 당시 교단의 협력을 받았다는 사실을 기억하기겠죠? 덕분에 제국의 야망을 조금이라도 빨리 분쇄할 수 있었습니다. 그때의 협력관계가 다시 부활한다고 생각하시면 어떻습니까?"

'협력관계? 하아… 웃기지도 않는군.'

교황이 시간을 되돌리면서까지 무언가 꾸미고 있다는 걸

알고 있는 지금에 와서 협력이라는 단어는 레이지의 조소를 자아낼 뿐이었다. 물론 마음속으로 비웃을 뿐, 표정으로 나타내진 않았다.

무엇보다 쉘턴의 말에는 큰 하자가 있었다. 레이지는 그의 옆에 앉아 있는 칸나로 시선을 돌렸다.

"절 제이워드님의 제자로 인정하신다는 이야기 같은데… 문서상으로 그분의 제자로 공인된 분은 다름 아닌 칸나님 아닙니까?"

"아, 저 말인가요?"

모두의 시선이 자신에게 집중되자 칸나는 찻잔을 급히 내려놓으며 헛기침을 했다. 그리고 차분한 어조로 말을 이어갔다.

"제가 그분의 제자라는 사실을 스스로 부정할 생각은 없지요. 하지만 현재 활약상으로 보나, 대외적인 이미지로 보나 레이지님이 그분의 진정한 후계자로 적합하지 않나요?"

'이것 봐라?'

이제까지 제이워드의 제자라는 이점을 활용하던 그녀의 입에서 스스로 제자임을 포기하겠다는 말이 스스럼없이 나올 줄은 레이지도 예측하지 못했다.

하지만 레이지는 머리를 잽싸게 돌려 다른 방향으로 사고를 전개했다. 어차피 자신의 활약으로 칸나의 입지가 상당히 줄어들었다는 점을 포착하여, 그 제자 자리 대신 다른 무언가를 보장받았기에 쉽게 포기하겠다는 말이 나올 거라는 결론에 도달했다.

레이지는 칸나의 복장을 유심히 살펴보았다. 회색 로브 안에 드러난 법의는 그리 낯설지 않았다.

"혹시 칸나님은 교단에 귀의하신 겁니까?"

"바로 알아채셨군요! 전 예하님께 부탁을 받아들여 세이지가 되었답니다."

그제야 레이지의 의문점은 쉽게 풀렸다. 불안정한 제이워드의 제자 자리보다 확실한 지위를 교단 내에서 보장받았기에 선심 쓰듯 자신에게 양보하겠다고 나온 것이다.

"교단과 협력하겠다고 약속하신다면 제가 직접 카르도니아 마법사 협회에 건의하여 레이지님을 제이워드의 정식 제자로 인정하도록 하겠어요. 교단의 일원이 된 지금의 제가 굳이 그것에 매달릴 이유 따위 없잖아요?"

순간 쉘턴의 얼굴이 굳어지더니 이내 일그러졌다.

자신이 가진 걸 양보하면서 대신 뭔가 제시하는 건 교섭의 기본 소양이기도 하다. 하지만 그게 지금 자신에게 필요 없다는 뉘앙스를 풀풀 풍기며 내놓는다면 받는 입장에서 예전보다 가치가 감소함은 명백하다.

"말이 나온 김에, 레이지님도 교단에 귀의하시는 건 어떤

가요? 베르시아님의 뜻을 받들어 많은 이들에게 선행을 베푸는 기쁨을 저 혼자 누리기엔 아깝답니다."

그녀는 어느새 열성적인 신자가 되어 포교를 시작했다. 그들의 이야기에 잠자코 침묵만을 지키고 있던 케인즈마저도 '이 아가씨는 도대체 뭘 하러 온 거지?'라는 표정을 띄우며 레이지를 바라보았다.

"그 외 다른 조건은 없습니까?"

"네? 그분의 제자로 인정되는 명예 말고 또 제시해야 하나요?"

"하아……."

레이지는 지금이라도 당장 과거의 자신으로 돌아가 한 대 먹이고 싶은 충동을 강렬하게 느꼈다. 이딴 여자를 제자로 받아들였다니. 잘 아는 것과 잘 가르치는 것과는 별개의 문제라고 하지만, 지금 이 순간만큼 엘레노어의 지적이 뼈저리게 느껴진 적은 없었다.

"죄송하지만 쉘턴님과 단둘이서 이야기를 나누고 싶군요. 아버님, 괜찮겠습니까?"

"나 말이냐? 어차피 난 딱히 뭐라 말할 입장이 아니니 네가 그렇다면 물러나도록 하지."

케인즈는 망설임없이 자리에서 일어나더니 방 밖으로 나갔다. 쉘턴은 턱짓으로 칸나에게 일어나라고 눈치를 주었지만 정작 그녀는 영문을 모르겠다며 자리를 지킬 뿐이었다.

자연스럽게 대화의 흐름이 끊어지면서 침묵만이 감돌았다. 레이지와 쉘턴은 서로 약속이라도 한 듯 팔짱을 끼며 가만히 앉아 있을 뿐이었다. 그렇게 10여 분이 흐르자 무거워진 분위기를 이기지 못하고 칸나가 벌떡 일어섰다. 먼 길을 오느라 피곤해서 좀 쉬겠다는 말을 하며 나갔지만, 가장 피로함을 느낀 이는 레이지와 쉘턴 두 명이었다.

6

칸나가 자리를 비우자마자, 쉘턴은 기다렸다는 듯이 입을 열었다.

"아까 저 여자가 어설프게 말했지만, 제이워드의 제자로 공식적으로 인정받는다는 건 생각보다 큰 메리트가 있습니다. 예를 들면 그가 대륙 곳곳에 마련해 두었던 비밀 연구소의 권한을 정식으로 물려받게 됩니다."

레이지는 '저 여자'라는 지칭에 칸나가 교단에서도 어떤 취급을 받는지 쉽게 파악힐 수 있었다.

"게다가 카르도니아 왕국의 직접적인 지원도 받을 수 있습니다. 현재 중립을 지키고 있긴 하지만, 그건 어디까지나 불명확해진 제이워드의 제자 자리 때문이지요. 제이워드가 과거 걸어왔던 행보를 기억한다면 그쪽에서도 레이지님이 인정받기를 기대할 겁니다."

하지만 쉘턴이 제시한 두 가지 조건 모두 레이지의 관심 밖이었다.

이미 제이워드일 때의 옛 동료들 대부분이 레이지를 지원해 주고 있는 입장에서 과거 자신이 세웠던 비밀 연구소의 가치는 그리 크지 않다. 게다가 카르도니아 왕국은 대륙 전쟁 당시에도 그렇게 큰 도움을 준 적이 없었다. 그저 제이워드가 펼친 명성을 이용하기에 바쁜 나라였기에 차라리 관여 안 하는 게 속편했다.

"그다지 끌리지 않는다는 표정이시군요."

"남들이 인정하든 안 하든 전 그분의 의지를 따를 뿐입니다."

"그 말만으로도 그의 제자라는 사실이 충분히 입증될 것입니다. 줏대없는 누구보단 확실하게 말이죠."

쉘턴은 높은 서클의 마법사라는 사실 외에 가치가 없는 칸나를 왜 교황이 직접 받아들였는지 의구심을 지녔다. 그러나 쉘턴 자신의 목적은 데릭의 명성을 뛰어넘어야 한다는 의지 그 자체에 있었기에 깊게 파고들지는 않았다.

"그런데 말입니다, 요 근래 좀 요상한 이야기가 떠도는 모양이더군요."

"요상한?"

"교단 내에서 배교자로 지목된 두 사람과 레이지님이 접촉했다는 이야기 말입니다."

레이지는 곧바로 대답하지 않고 잠시 뜸을 들이며 생각에 잠겼다. 어떤 반응을 보이냐에 따라서 교단의 태도가 변할 수 있기 때문이다.

'베아트리체와 가르시아 경에 대해 전혀 모른다고 대답하기엔 곤란하겠지. 지난 하르고니아 성의 전투에서 가르시아의 존재는 어쩔 수 없이 드러났을 테니.'

레이지는 이 부분에 대해 한 수 접기로 마음먹었다. 모든 상황을 자신에게 유리하게만 이끌기엔 무리였다.

"그분들과 만난 적은 분명히 있습니다."

"호오, 그렇습니까?"

쉘턴은 이미 알고 있는 사실을 이제야 알았다는 듯 시치미를 뗐다. 레이지 스스로 그걸 인정할지 몰랐다는 놀람을 말투에 섞으면서.

"단, 그분들이 과거 제 스승님의 동료였다는 사실을 무시할 수 없습니다. 어떤 이유에서 배교자가 되었는지 알 수 없는 입장에서 내치기엔 무리죠."

"지금 교단의 성당기사단장인 제 앞에서 배교자를 두둔하겠다는 의미입니까?"

"그렇다면 왜 배교자가 되었는지 설명해 주시길 부탁드립니다. 전 교단 소속이 아니니 알 턱이 없지 않습니까?"

"그건… 지금 당장 설명 드리기엔 곤란하군요."

돌연 쉘턴의 태도가 바뀌자 레이지는 마음속으로 쾌조의 미소를 지었다. 지금이 바로 밀어붙일 타이밍이었다.

"저는 프레드릭 경의 경우를 통해 직접 보고 알아낸 뒤에야 판단해야 한다고 느꼈습니다. 비리를 저질렀다는 이유로 투옥까지 된 분이지만 결국 모함 때문이라고 알려지지 않았습니까?"

"흐음, 그건 그렇군요."

졸다크 왕국이 발렌시아 왕국과 전쟁을 벌이는 동안 프레드릭의 이미지는 다시 상승했다. 도망자의 신분임에도 길레터 왕국을 두 번이나 위기에서 구한 인물 중 한 명으로 부각되었고, 과거 동료였던 제이워드의 제자와 함께한다는 사실만으로도 레스톤 왕자가 퍼뜨렸던 헛소문은 가라앉은 지 오래였다.

"정 그분들을 배교자로 처단하실 의향이라면 지금 이 자리에서 약속드리겠습니다. 베릭쿠스의 야망을 완전히 저지한 후에 두 사람을 직접 교단으로 보내 드리죠."

"그 말 진심입니까?"

"이 자리에 문서로 작성해도 좋습니다."

어차피 베릭쿠스의 일원 중 교황이 포함되었고, 베릭쿠스의 진정한 종말은 교황의 죽음을 포함한다. 그렇기에 레이지는 자신만만하게 나올 수 있었다. 막상 쉘턴은 베릭쿠스와 교단과의 관계를 알지 못했다.

"지금 중요한 건 베릭쿠스를 처단하는 일입니다. 그렇기에 교단에서도 쉘턴님을 저에게 보내 이렇게 협력의사를 타진하지 않았습니까?"

실제론 협력이 아닌 협박에 가까웠지만, 그 사실을 레이지는 굳이 부각시키지 않았다.

"게다가 교단과의 협력 자체를 저 혼자만이 결정하기엔 무리입니다. 비공정의 소유권은 함장이신 엘레노어님께 있기도 합니다. 한두 번의 이야기로 결론내기엔 좀 이르지 않을까요?"

서로 뭔가 당장 뒤집을 수 없는 카드가 존재하는 이상 지금 당장의 결단은 위험하다. 어떻게 해서든 시간을 끌면서 상황을 자신에게 유리하게 이끄는 것이 필요하다. 그건 쉘턴 쪽도 마찬가지였다.

"비공정으로 돌아가 쉘턴님의 이야기를 전해보도록 하겠습니다."

"아무쪼록 현명한 결단을 부탁드립니다. 전 이와 별개로 폐하와 이야기를 나눌 예정입니다."

쉘턴은 레이지에게 계속 압박을 가하기보단 현 길레터 왕
국의 보르지아 6세와 면담을 통해 활로를 개척하겠다는 의지
를 표했다.

더 이상 나눌 이야기가 없어진 두 남자는 동시에 자리에서
일어났다. 쉘턴이 먼저 방 밖으로 나가려던 도중 멈춰 서더니
뒤를 돌아보았다.

"아, 그리고 아까 말씀하신 것 말입니다. 아무래도 교단의
배교자와 접촉했다는 이야기는 그냥 넘어갈 수 없습니다. 고
로 비공정을 함부로 띄워 자리를 뜨신다면 내통 혐의가 있다
고 결론지을 겁니다."

"그렇다면 아까처럼 비공정 아래에서 병력을 주둔하시는
게 어떻습니까? 어차피 떠나는지 아닌지만 감시하시면 될 터
이니."

물론 비공정에 탑승시킬 생각 따윈 레이지에게 없었다.

"다시 한 번 말씀드리겠습니다. 현명한 결단을 부탁드리겠
습니다."

그 말을 끝으로 쉘턴은 복도를 가로질러 걸어갔다.

홀로 집무실에 남게 된 레이지는 입 한 번 댄 적 없는 찻잔
을 들어 올렸다. 미지근하게 식은 차의 향기는 날아가 버린
후였다.

Chapter 64
적절한 반격

1

비공정으로 돌아온 레이지는 엘레노어와 함께 의무실로 발길을 돌렸다. 마침 침대 위에 앉아서 식사 중이던 레니는 그들을 보자마자 스프가 든 접시를 옆에 내려놓았다.

"몸은 괜찮은가?"

"덕분에 움직이는 데엔 무리 없다."

쉐스의 신성력 덕분에 부상 자체는 모두 회복되었다. 단, 공주를 구하기 못하고 자신 혼자 도망쳤다는 죄책감에 안색은 그리 밝지 못했다.

"그렇게 공주가 걱정되나?"

"나는 공주님을 위해서라면 목숨도 아깝지 않다."

레니의 눈빛에서 단호한 결의가 엿보였다.

레이지는 이런 인물을 두고도 제대로 활용하지 못한 페르디어스 왕국이 한심하게만 느껴졌다. 조국 혹은 특정 인물에 대한 충성심을 그의 입장에서 이해하긴 힘들었지만, 충성심 자체를 부정하는 건 결코 아니었다. 가끔 전쟁에서 병력이나 전략을 무시한 승리가 발생하는 경우, 레니 같은 타입의 인간들이 하나 이상은 포함되게 마련이니까. 어떤 의미에선 프레드릭과 비슷한 타입이었다.

"넌 와이번 라이더이니 정찰병으로 쓰기만 해도 꽤 유용하다고 생각해. 하지만 거기에만 머무르기엔 아깝지."

레이지는 그녀가 깨어난 직후 나누었던 이야기를 떠올리며 생각에 잠겼다. 들을 당시에는 우선 정보 자체만을 입수하는 데 집중한 터라 따로 의견을 제시하진 않았다. 지금은 어떻게 활용할지에 대해서 궁리할 타이밍이다.

"현재 팰컨 왕자가 직접 지휘하는 와이번 라이더의 수는 몇 기지?"

"200여 기 정도다."

"거의 절반에 가까운 수로군. 그렇다면 나머지는 죄다 공주 휘하의?"

"그건 아니다. 그분이 체포되기 직전까지는 100여 기 정도였다."

"그렇다면 나머지 100기 정도는 딱히 왕자나 공주 그 어느 쪽에도 속하지 않았다는 의미로군. 그들을 이쪽으로 투항시킬 수 있겠어?"

어차피 팰컨 왕자가 트레이지아 공주를 체포한 이상 그녀가 지휘하던 부대원들은 뿔뿔이 흩어지거나 레니처럼 감금되었음이 분명하다. 그렇다면 병력 유지를 위해 다른 지휘관의 명령 아래에 있던 자들을 꼬드기는 선택이 그나마 가능성이 높다.

"그건… 장담할 수 없다."

"하지만 불가능한 일은 아니야. 지금 같은 상황이라면 다른 때보다 더 쉬울 수도 있지."

레이지는 와이번 라이더를 이끄는 두 축 중 하나인 트레이지아 공주의 부관이 투항했다는 사실만으로도 내부 균열이 심각하다고 판단하고 이용하기로 결심했다.

"네 이야기나 내가 입수한 정보의 공통점 중 하나가 팰컨 왕자에 대한 여론이었어. 정통성이나 인성이나 어느 쪽을 따져 보더라도 공주 쪽이 압도적으로 좋게 평가되었지. 단, 공주는 어디까지나 전사로서의 삶을 선호해서 권력 계승에는 관심이 없었다고도 알려져 있고."

"나는 그분이야말로 왕위 계승자가 되어야 한다고 생각

한다."

"여러 이야기를 참고해 본 결과 타국민인 내가 봐도 왕자보단 공주 쪽이 더 어울린다고 생각해. 하지만 그러기 위해선 공주 본인에게 그럴 의향이 있어야겠지. 그런데 공주 자리는 지키면서 막상 왕위에는 관심이 없다? 그런 이유로 정치적 입지를 굳힐 생각 없이 나라를 위해서만 싸운다? 이게 왕자 눈에 어떻게 비춰지리라 생각해?"

거침없이 흘러나오는 레이지의 말에 레니는 입을 굳게 다물었다. '공주'로서 트레이지아가 지닌 단점을 그녀 역시 알고 있었기 때문이다.

"겉으로는 왕위 계승에 관심 없는 척하면서 암암리에 차기 왕위를 노리고 있다는 인식을 줄 수밖에 없지, 그 권력에 미친 왕자에게. 트레이지아 공주는 팰컨 왕자를 끔찍이 아낀다고 했는데, 권력이라는 이름 앞에 남매간의 우애 따위 아무런 의미가 없어. 특히 어느 한쪽의 일방적인 호의라면 더욱더."

어떤 의미에서 페르디어스 왕국의 분열은 공주가 초래한 것이나 마찬가지였다.

"하지만 권력에 집착하지 않고 묵묵히 맡은 임무에 충실했던 까닭인지 페르디어스 왕국 내에서의 평판은 꽤 좋더군. 특히 그녀의 부하들에게 말이지. 아마도 계기만 생긴다면 와이번 라이더들 중 일부는 공주를 구출하기 위해 왕자에게 반기를 들 거다."

단, 전력상으로 왕자가 이끄는 직속 부대에 밀리는 터라 공주를 지지하는 자들로서는 방법 그 자체를 찾지 못한다고 레이지는 판단했다. 이럴 경우 다른 국가의 도움을 빌리는 방법이 있지만 중립이라는 이유로 타국과의 교류가 거의 없었던 특성 때문에 쉽게 손을 내밀기는 힘들다.

"공주를 구하는 것 자체만 놓고 본다면 지금 비공정에 머무르고 있는 자들만으로도 가능할지 모른다. 아니, 가능하지 않으면 곤란하지."

대규모 전투가 아닌 구출작전이라는 특성상 괜히 많은 병력을 대동하기보단 특출한 소수 인원으로 움직이는 쪽이 훨씬 수월하다.

"단, 말 그대로 구출하려면 나와 내 동료들만 있어서는 안돼. 공주를 실제로 따르는 페르디어스 왕국 출신의 인간들이 동행하지 않으면 곤란해. 너도 포함해서 말이지."

"방금 전까지는 당신들만의 힘만으로도 충분하다고 말하지 않았나?"

"어떤 이미지로 비춰지느냐가 중요하거든. 구출로 보이냐, 혹은 납치로 인식되느냐의 차이야. 페르디어스 왕국 측에서 적으로만 인식되던 내가 갑자기 나타나 공주를 빼낸다면… 어떻게 생각할까?"

"아······."

"그래서 와이번 라이더들의 동행이 필요하다. 뭐, 없어도 큰 무리는 없지만 뒤처리가 상당히 귀찮아지겠지. 정치적인 공작에도 힘을 기울여야 하고."

레니는 본인이 미처 생각하지 못했던 부분까지 감안한 레이지의 안목에 말문이 막혔다.

"그냥 감옥에서 공주를 빼오는 것만으로 쉽게 해결되는 일이 아니야. 가급적 많은 이들이 받아들이기 쉽도록 포장할 필요가 있어."

2

그 후로도 의무실 안의 대화는 계속 이어졌고, 2시간이 흐른 뒤에야 레이지는 방 밖으로 나올 수 있었다. 그는 오래간만에 한 자리에 진득하게 앉아 이야기를 나눈 탓인지 뻐근해진 어깨를 돌리며 몸을 풀었다.

"이제 남은 것은 레니가 어디까지 해줄 수 있느냐에 달려 있겠군."

레니는 결국 레이지의 제안을 받아들였다.

와이번을 다시 몰 수 있을 정도로 체력이 회복되자마자 비공정을 떠나, 가능한 한 많은 수의 와이번 라이더를 설득해 데리고 오겠다고 약속했다.

"하지만 실패할 가능성도 염두에 뒀겠지?"

"물론이야, 엘레노어. 레니는 어디까지나 내가 선택할 수 있는 수 중 하나일 뿐이지. 단지 훨씬 일을 수월하게 만드는 지름길이라고 볼 수 있어."

자연스럽게 흘러나온 레이지의 대답에 엘레노어는 살며시 웃기만 했다.

"어차피 페르디어스 왕국에 어떤 식으로든 타격을 가해야 해. 지금은 권력 투쟁으로 인해 혼란에 빠져 있지만 안정되는 즉시 베릭쿠스의 한 축을 담당할 게 분명하거든. 그런 의미에서 레니의 투항은 행운이라 볼 수 있지."

레이지는 두 손을 깍지 끼더니 좌우로 번갈아가며 관절 부분을 눌러 우두둑하는 소리를 냈다.

"하지만…… 역시 행운은 단독으로 찾아오지 않아. 귀찮은 일이 생겨 버렸으니까."

"성당기사단 말이지?"

"교단은 자신들에게 이익이 될 만한 무언가가 나타나면 손을 내미는 습성을 지니고 있어. 비공정이 세상에 모습을 드리낸 이상 다른 곳은 몰라도 교단만큼은 접근해 올 거라 예상했지."

단지 예상했던 시점보다 좀 더 일찍 나타났을 뿐이다.

"길레터 왕국 내에서의 내 입지를 좀 더 일찍 다져 놓았으면 하는 후회가 들기는 해. 그래 봤자 큰 위기는 아니야. 예전 제이워드일 때 거쳐 왔던 가시밭길에 비하면 아무것도 아니거든."

3

그로부터 보름이라는 시간이 흘러갔다.

크로이덴가의 저택에선 다섯 번에 걸쳐 각각 비공정 대표와 교단 대표로 참석한 레이지와 쉘턴의 만남이 이루어졌다. 그러나 서로 지향하는 방향이 정반대인 두 사람의 의견은 좁혀지기는커녕 벌어지기만 했다.

그와 별개로 길레터 왕국 내의 분위기는 레이지 쪽에 불리하게 돌아가기 시작했다. 매일 보르지아 6세와 면담을 청한 쉘턴은 길레터 왕국에 대한 교단의 전폭적인 지지를 약속하면서 왕궁 내 의견을 자신 쪽으로 이끌었고, 일주일 전 진행된 각료회의에선 노골적으로 레이지를 비판하는 목소리가 나오기도 했다.

레이지가 이끌고 온 비공정이 길레터 왕국을 구해준 것은 분명하나, 앞으로 또 있을지 모르는 베릭쿠스의 침공에 길레터 왕국만을 위해 싸울 수 없음은 명확했다. 레이지가 비공정을 이끄는 핵심 멤버 중 하나라는 사실에 안도하기엔 무리였다. 개중에는 레이지가 비공정을 핑계로 길레터 왕국 내 권력을 거머쥘지 모른다는 음모론까지 나돌았다.

그들은 다시 찾아올지 모르는 공포를 되새기며 비공정의 소유권을 길레터 왕국이 거머쥘 수 없다면 차라리 교단과의 협력을 추진해야 한다고 주장했다. 특히 칸나가 직접 회의에 참여해 자신이 소유하고 있는 제이워드의 제자 자리를 레이지에게 양보하고 대신 카르도니아 왕국과의 협력을 이끌어내겠다는 이야기는 크나큰 설득력을 얻었다.

정작 화제의 중심인물인 레이지는 대부분의 시간을 비공정 안에 머물면서 모습을 감추었다. 지금 자신이 어떤 행동을 취하든 간에 시기하기 좋아하는 이들의 눈에는 그저 트집 잡을 건수만 보일 게 뻔했기 때문이다.

레이지는 종종 비공정의 갑판 위에 서서 레니가 떠난 북쪽을 말없이 응시하곤 했다. 지상에서 망원경으로 그를 감시하던 쉘턴의 눈에는 이러지도 저러지도 못하고 고민하는 모습으로만 비춰졌다.

4

베르시아 신성력 1394년 5월 19일.

오래간만에 수도 벨거스 성을 방문한 레이지는 한참 각료 회의가 진행 중이던 회의실로 발걸음을 옮겼다.

문을 열고 안으로 들어가자 수십여 명의 시선이 일제히 레이지 한 명에게 집중되었다. 기다란 직사각형 모양의 탁자 맨 끝에는 현 길레터 왕국의 왕 보르지아 6세가 앉아 있었고 좌우로 길게 신하들이 자리를 차지했다. 그들 중 레이지의 아버지 케인즈와 형 케이지는 나란히 탁자 오른편에 앉아 근심어린 얼굴로 레이지를 바라봤다. 그 외 펠튼과 크루제이커도 자리를 함께하고 있었다.

탁자 왼편에는 쉘턴이 자신만만한 표정으로 레이지를 한 번 쳐다보더니 씨익 미소를 지었다. 칸나는 그의 옆에 자리를 지키고 앉아 연신 하품을 연발했다. 레이지가 오기에 앞서 미리 진행되었던 회의 내용이 너무나 지루했기 때문이다.

특이하게도 레이지의 편을 들 자들은 오른쪽에, 그에 반대하는 세력은 왼쪽에 자리를 잡았다. 각각의 수를 비교한 레이지는 생각보다 일이 쉽게 풀리겠다는 예상에 마음속으로 미소를 지었다.

'제이워드일 때보다 나에게 손들어 주는 쪽이 훨씬 많군. 예상보다 일이 쉽게 풀리겠어.'

레이지는 오른쪽 무릎을 꿇고 고개를 숙이며 우선 보르지아 6세에 대한 예를 표했다. 그 뒤 몸을 일으켰다.

"폐하, 그동안 평안하셨는지요."

"그대 덕분에 이 극심한 혼란 속에서도 길레터 왕국만은 평안하다네. 이 자리를 빌어 다시 한 번 그대에게 감사를 표하도록 하지."

"황송할 따름입니다."

자리에서 일어난 레이지에게 시녀가 다가와 탁자 맨 끝에 앉을 것을 권했다. 하지만 레이지는 고개를 가로저으며 서 있기를 고집했다. 그런 쪽이 서로 대립 중인 두 세력을 확실하게 바라볼 수 있었기 때문이다.

"그대를 이곳으로 부른 이름은 다름이 아니라, 베릭쿠스와의 전쟁에서 승리를 거둔 길레터 왕국의 앞날을 더욱 탄탄히 다지고자 하는 의견을 모으기 위해서라오. 여러 번의 회의를 거쳐 가는 동안 왕국을 위한 건설적인 제안이 두 가지 들어왔기에 그대는 어떻게 생각하는지 묻고 싶소."

"교단과 카르도니아 왕국 양측과의 협력관계를 말씀하시는 것입니까?"

"호오, 이미 알고 있었나?"

"요즘 왕국 내에선 그에 관한 이야기로 떠들썩하답니다."

"그렇다면 굳이 설명할 필요가 없어서 편하구먼. 레이지, 그대는 이것에 대해 어떻게 생각하는가?"

보르지아 6세의 질문에 레이지는 잠시 뜸을 들이며 어떤 방식을 택할까 갈등했다. 그러나 우선 왕의 허락부터 받아야 한다고 판단했다.

"폐하, 직설적인 대답을 원하십니까? 아니면 둘러 표현하는 쪽을 원하시는지요?"

"흐음……."

사실 레이지가 오기 전에 진행되었던 회의가 워낙 격렬하면서도 기존과 변함없는 의견만이 교차되어 보르지아 6세는 지루함을 느끼고 있었다.

"그대는 제이워드의 제자였지. 그렇다면 그에 걸맞게 직설적인 쪽이 낫겠군."

"그렇다면 말씀드리겠습니다. 우선 카르도니아 왕국과의 협력관계에 대해서 의견을 표하자면……."

레이지는 잠시 말을 멈추고 탁자에 앉아 있는 이들의 얼굴을 살폈다. 다들 어떤 대답이 나올지 기대하는 표정들이었다.

"필요 없습니다. 아니, 방해만 될 겁니다."

그러자 신하들 사이에 웅성거리는 소리가 퍼져 나가면서 분위기가 어수선해졌다. 그러자 보르지아 6세는 조용히 오른손을 들어 올렸고, 이내 회의장 안은 조용해졌다.

"내가 듣기로는 카르도니아 왕국은 그대의 스승이기도 한 대마법사 제이워드를 중심으로 크루디아 제국 타도에 가장 앞장선 국가라고 알고 있다네. 그런데 그런 나라와의 협력이 불필요하다는 말이 쉽게 이해되지 않는군."

"그러시리라 생각되어 준비한 것이 있습니다."

레이지는 자신의 옆에 서 있던 시녀에게 뭔가 말을 건넸고, 이내 시녀는 종종걸음으로 보르지아 6세에게 다가가 레이지의 말을 전했다.

"그래? 그분이 이 자리에 오셨단 말이지? 들어오시도록 해라."

그러자 회의장 입구가 활짝 열리면서 한 남성이 모습을 드러냈다.

"오래간만에 뵙겠습니다, 폐하."

허리를 숙여 인사를 한 오를레앙은 동행한 두 명의 메이드를 향해 윙크를 보냈다. 그러자 그녀들은 들고 온 거대한 트렁크를 카펫 위에 내려놓았다. 트렁크가 열리자 두툼한 서류 뭉치가 모습을 드러냈다.

그녀들은 재빠른 동작으로 서류들을 신하들에게 한 부씩 배부했다. 그리고 마지막으로 보르지아 6세에게 공손하게 건넸다.

종잇장이 넘어가는 소리와 함께 서류를 읽던 신하들의 표정이 제각각 다르게 변했다. 케인즈는 코웃음을 치며 혀를 찼고, 칸나의 경우 얼굴에 그림자가 드리워졌다.

"보다시피 카르도니아 왕국은 실제 대륙 전쟁에서 큰 역할을 담당한 적이 없습니다. 제 스승이신 제이워드가 제국 멸망의 선봉장에 선 것은 사실이지만 정작 카르도니아 측에서 준 도움은 거의 없다고 해도 과언입니다."

"이건 조작된 내용이오!"

탁자 왼쪽에 앉아 있던 신하 중 한 명이 언성을 높이며 자리에서 일어서더니 레이지를 손가락질했다. 그러자 다른 신하들도 하나둘씩 일어나 레이지를 비난하기 시작했다.

"메르디우스 성에서 있었던 치열한 혈전에서 카르도니아 왕국군은 승리를 거두었소! 그 결과 제국의 반격이 지체되었다는 기록마저 무시할 작정인가?"

그러나 레이지는 당황하기는커녕 안색 하나 바꾸지 않고 오를레앙을 흘낏 쳐다봤다.

"조작? 지금 이 문서를 준비해 주신 분이 누구라고 생각하십니까?"

레이지의 말에 오를레앙은 손가락으로 자신을 가리키며 어리둥절했다.

"오, 오를레앙 왕자께서 직접 조사하신 내용입니까?"

"저 말고 저의 아리따운 장미들과 함께 찾아낸 결과입니다. 사실 주로 참고한 내용은 길레터 왕궁 도서관에 기록된 대륙 전쟁 기록문서였습니다."

"그게 사실입니까?"

"정 의심되신다면 지금이라도 당장 사서를 불러 제가 참고한 서적들을 대령하라고 지시하셔도 무방합니다."

오를레앙의 자신만만한 대답에 레이지를 비난하던 자들의 입은 꽉 다물어졌다. 결국 그들은 벌겋게 달아오른 얼굴로 자리에 앉았다.

"방금 전 메르디우스 성 공방전에 대해 이야기하신 것 같은데, 그 전투가 벌어진 이유는 어디까지나 카르도니아 왕국의 실수였습니다. 제국의 지배에서 벗어난 영토를 한 뼘이라도 더 차지하기 위해 수비 병력까지 국외로 보낸 틈을 제국이 노린 결과였죠. 만약 카르도니아 측이 자국의 영토라도 제대로 보호했다면 애초에 제국의 '반격'이라는 단어 자체가 나오지도 않았을 겁니다."

사실 대륙 전쟁이 진행되는 와중에 카르도니아 왕국은 이렇게 몇 번이나 제이워드의 발목을 붙들곤 했다. 애국심 자체가 거의 없었던 그였지만 스승과의 추억이 담겨 있는 마탑이 제국군 손에 부서지는 것만은 막아야 했기에 부랴부랴 돌아온 적이 한두 번이 아니었다. 결국 니르디안에게 암살당할 때 완전히 불타 버려 흔적만 남았지만.

'그러면 이쪽에서 칸나를 저격해 볼까?'

레이지는 잔뜩 일그러진 얼굴로 부들부들 떨고 있는 칸나에게 시선을 돌렸다.

"칸나님께선 카르도니아 왕국 출신이라고 알고 있습니다. 본의 아니게 칸나님의 모국을 음해한 것이 아닌가 싶군요."

"네? 그, 그게……."

"하지만 이 문서에 적힌 내용은 어디까지나 사실에 기반한 내용입니다. 대륙 전쟁에 실제 참여했던 분들이라면 이미 알고 있을 사실이기도 하고요."

레이지의 말에 케인즈와 크루제이커, 펠튼이 고개를 끄덕이며 납득했다. 그 외 참전 경력이 있는 자들은 모두 동의를 표했다.

분위기가 레이지의 의견 쪽으로 흘러가자 쉘턴은 오른손을 들어 올렸다.

"이 문서의 내용대로 카르도니아 왕국이 대륙 전쟁 당시 그리 큰 활약을 하지 못한 것만은 사실입니다."

"그건 교단의 의견입니까? 아니면 쉘턴님 개인의 판단입니까?"

"지금 당장 말하기엔 곤란하군요. 중요한 건 그게 아니라, 이전에 그리했던 국가였다 하여도 앞으로도 똑같은 행보를 걸으리라 못 박는 건 성급한 결정이 아닐까요?"

계속 일그러진 표정만 보여주었던 좌측 탁자의 신하들은 쉘턴의 말에 다시 활기를 찾았다.

"지금은 베릭쿠스에 반대하는 국가들끼리 힘을 한데로 모아야 할 때라고 판단합니다. 예전 대륙 전쟁 당시처럼……."

"그래서 그 카르도니아 왕국이 현재 베릭쿠스에 대한 전면전을 선포한 상황입니까?"

"길레터 왕국과의 협약이 결정되는 이후 추친할 계획이라고 들었습니다."

"이제까지 계속 중립을 고수해 왔고, 지금 이 순간도 눈치만 보면서 가만히 움츠리고 있는 카르도니아 왕국이 말입니까?"

제이워드가 애국심이라는 단어와 거리가 멀 수밖에 없었던 이유가 지금 레이지의 입을 통해 표출되고 있었다.

"제 스승이신 제이워드님은 이렇게 말씀하셨습니다. 20여 년이 넘은 기간 동안 무수한 전장을 피범벅이 되어가며 헤쳐나왔지만 모국은 나에게 해준 것이 아무것도 없었다… 라고."

제이워드가 연신 승전고를 울릴 때마다 카르도니아 왕국이 한 일은 조금이라도 더 많은 땅을 차지하기 위해 점령지에 주둔 병사를 파견한 일뿐이었다. 게다가 카르도니아 미법협회는 점점 커져만 가는 제이워드의 힘을 견제하기 위해 형식상으로나마 그를 포상하기 위해 왕궁마법사로 임명해야 한다는 의견을 철저하게 묵살했다. 막상 제이워드는 그깟 지위 따위 필요 없다며 줘도 거절할 입장이었지만.

"카르도니아 왕국 측은 예전 제 스승님의 발목을 잡아왔고, 이제 그 대상을 길레터 왕국으로 변경한 것에 불과합니다. 만약 카르도니아 왕국이 변했다고 판단하고 싶으시다면 그쪽에서 먼저 중립을 철폐하고 베릭쿠스와의 전면전을 선포한 뒤에 그리해도 늦지 않습니다."

거침없이 이어지는 레이지의 말에 탁자 좌측에 앉은 신하들은 꿀 먹은 벙어리가 된 듯 고개를 아래로 떨구고 입을 다물기만 했다. 레이지가 직접 '과거의 자신'이 했던 말을 언급했던 게 효과적으로 먹힌 덕분이었다.

하지만 이것만으로 만족할 레이지가 아니었다.

"칸나님, 당신은 제가 나타나기 전까지 그분의 유일한 수제자라 인정받으셨죠?"

"네!"

유일한 제자라는 단어에 칸나는 분위기도 파악하지 못하고 밝게 웃으며 대답했다.

"그러면 왜 스승의 뜻을 이어받아 베릭쿠스에 저항하지 않으셨습니까?"

"그건 제 실력이 아직 부족해서……."

"스승님이 대륙 전쟁에 뛰어들었을 당시 마법사로서의 실력은 서클 3에 불과했습니다."

"……."

순간 칸나의 얼굴에 핏기가 싹 빠져나가더니 창백하게 변했다. 그녀는 다른 이들의 도움을 구하기 위해 주변을 둘러봤지만 이미 말을 맞춰놨던 신하들 중 그 누구도 눈을 마주치려하지 않았다. 쉘턴은 굳어진 표정으로 정면만을 응시할 뿐이었다.

"그리고 지난번 저택을 방문하셨을 때 뭐라고 제안하셨죠? 칸나님께서 직접 카르도니아 왕국에 이야기해서 제가 그분의 진정한 제자라는 걸 공인하고, 그 대신 카르도니아 왕국과 교단 두 곳의 도움을 약속드린다고 기억하고 있는데……."

사실 레이지는 계속해서 과거의 자신을 스승이라 불러야하는 입장에 자신도 모르게 웃음이 터지려는 걸 참고 있는 중이었다. 하지만 굳어진 표정으로 부들부들 떨고 있는 레이지의 얼굴은 다른 이들에겐 분노에 휩싸인 상태로 인식되었다.

"그분의 제자라는 자리가 거래될 성질의 것으로 보이십니까?"

"전 그저 지금 대륙의 혼란을 걱정하여……."

"어차피 진 그분의 제자로 인정받든 아니든 상관하지 않습니다. 다른 사람들이 절 부정하더라도 저는 그분의 의지를 따르는 것에만 전념할 것입니다. 지금까지 그래 왔고, 앞으로도 계속."

레이지는 잠시 두 눈을 감으며 마음을 추스른 뒤 천천히 눈을 떴다.

평소 못 마땅한 구석이 넘쳐흐르긴 했지만, 지금 칸나를 보는 모두의 시선은 마치 벌레를 보는 듯했다. 특히 제이워드를 흠모하던 크루제이커의 표정은 지금 당장에라도 검을 뽑아들 기세였다.

분위기는 이미 레이지 쪽으로 넘어온 지 오래였다.

쉘턴은 카르도니아 왕국과의 협력이 어떻게 끝나든 간에 상관없었다. 어차피 그가 목적으로 하는 건 교단과 길레터 왕국과의 협력관계 구축이었기에.

하지만 정작 교단으로 끌어들인 칸나가 이런 입장에 처하다 보니 교단에 대해 뭔가 말 한마디 꺼낼 상황이 아니었다. 자칫하면 쉘턴 자신마저도 도매급으로 넘어갈 위기였기에 묵묵히 입을 다무는 수밖에 없었다.

"잠깐… 이건 뭔가?"

문서의 맨 마지막 장을 읽어나가던 보르지아 6세의 눈빛이 매섭게 변했다.

'이제야 읽었나 보군.'

그동안 칸나가 길레터 왕국 내 여러 귀족들과 접촉하면서 몰래 건넸던 뇌물 수령 명단이 문서 마지막에 자리 잡고 있었다. 예전 카르도니아 왕국 내에서 자신의 입지를 올릴 목적으로 택했던 방법이 여기에선 먹히지 않는다는 걸 확실하게 보여주기 위해서였다.

"지금 내가 호령하는 자들은 일어서시오!"

보르지아 6세는 자리에서 벌떡 일어서더니 부들부들 떠는 선으로 문서를 움켜쥐었다. 분노가 가득 실린 그의 목소리에 탁자 왼편에 앉아 있는 자들이 하나둘씩 일어서더니 어깨를 축 늘어뜨렸다.

5

레이지가 참석했던 각료 회의 이후로 왕궁 내 분위기는 또 한 번의 급격한 변화를 맞이했다.

보르지아 6세는 카르도니아 왕국과의 협력을 더 이상 언급하지 말라는 엄명을 내렸다. 정 그쪽과의 관계를 구축하고 싶다면 레이지의 말대로 카르도니아 왕국 스스로 베릭쿠스에 선전포고 한 뒤에 논의하겠다고 선포했다.

회의가 끝난 다음날 쉘턴은 칸나를 데리고 급히 길레터 왕국을 떠났다. 이미 칸나를 바라보는 시선이 최악으로 바뀐 이상, 교단과의 협력관계를 논의하자는 말이 먹힐 리 없다고 판단했기 때문이다. 막상 레이지는 교단과의 협력을 막기 위해 여러 준비를 했지만 써먹지도 못하고 쉽게 끝나자 다소 허탈

한 기분마저 들었다.

　그 뒤 일주일 동안 비공정을 이륙시키기 위한 준비가 재빠르게 진행되었다. 레이지가 직접 나서 위기를 진화시키긴 했지만, 계속 길레터 왕국 내에 비공정이 머무르고 있는 한 비슷한 일이 언제 터질지 모르는 바이기에.

＊　　　＊　　　＊

　베르시아 신성력 1394년 5월 27일.

　비공정의 이륙 준비가 거의 끝나자 레이지는 홀로 함장실 밖으로 나와 갑판 위를 천천히 걸어갔다.

　선수에 도착한 레이지는 걸음을 멈추고 아래를 내려다보았다. 얼마 전까지만 하더라도 악화되었던 여론은 온데간데없이, 새로운 목적지를 향해 떠나가는 레이지를 환영하기 위한 인파가 엄청나게 몰려 있었다.

　고개를 좌에서 우로 움직이며 누군가 아는 사람이 있나 찾던 레이지의 시선이 멈췄다. 만약의 사고를 대비해 비공정 바로 아래로 접근하지 못하도록 병사들로 호위망을 구축 중인 형 케이지의 뒷모습이 눈에 들어왔다.

　"뭘 그렇게 쳐다보고 있어?"

등 뒤에서 자신을 부르는 소리에 레이지는 시선을 위로 들어 올렸다.

"왠지 옛날 생각이 나."

"옛날?"

"네가 떠난 후의 일이라 모를 거야."

지금으로부터 6년 전, 보르가이나 공성전이 빠른 속도로 추진되었던 대규모 상륙 작전이 레이지의 기억 속에서 되살아났다.

당시 제이워드의 돌격부대는 보르가이나 공성전을 승리로 이끌었지만 데릭이 사망하는 등, 적지 않은 피해를 입은 터라 당분간은 제국과의 교전 없이 휴식을 취해야 했다. 때맞춰 제국 측에서 휴전 의사를 타진하기도 했다.

그러나 제이워드는 고집스럽게 이 기세로 크루디아 제국의 심장부를 노려야 한다고 주장했고, 결국 그의 판단은 제국에게 결정적인 타격을 입혔다.

"제이워드."

"프레드릭, 너라면 나와볼 줄 알았어."

레이지는 군이 뒤를 돌아볼 필요도 없었다. 아니, 목소리를 듣지 않고 인기척만으로도 누가 올지 뻔했다.

당시 상륙 작전에 동참했던 네 명의 동료 중 유일하게 이 자리에 있는 이가 바로 프레드릭이었다. 남은 두 명은 적으로 맞서 싸워야 하는 운명을 맞이했고, 남은 한 명은 배교자라는 입장상 독립적으로 움직이는 중이다.

프레드릭 역시 레이지처럼 시선을 아래로 내려 사람들을 바라보더니 이내 위로 들어 올렸다. 마치 약속이라도 한 듯 똑같이 행동하는 두 남자를 지켜보는 엘레노어의 입가에 미소가 자리 잡았다.

"그나저나 엘레노어, 곧 있으면 이륙할 텐데 함장석을 비워둬도 괜찮아?"

"이륙할 때만 잠시 그 녀석에게 양보하기로 했어. 명목상 부함장이긴 하니 이번 기회에 지휘하는 경험을 쌓도록 놔두려고. 어차피 조타는 마리에타가 능숙하게 잘할 거야."

현재 함장실 안에서 오를레앙이 엘레노어 대신 이륙 준비를 지휘 중이었다. 가슴을 주먹으로 팡팡 두들기며 자신만만하게 나섰지만 막상 메이드들의 쉬지 않고 이어지는 보고에 제정신이 아니었다.

"한 달도 안 되는 시간이 정신없이 흘러간 기분이야. 덕분에 소홀히 여기기 쉬운 부분을 점검할 수 있었어. 어찌 보면 득이라고 생각되기도 해."

제이워드였을 당시엔 오랜 기간 동안 쌓아올린 공훈 덕분에 카르도니아 왕국으로부터 경계를 당할지언정 노골적으로 비난받지는 않았다. 굳이 신경 쓰지 않아도 제이워드라는 존재 자체의 정치적 입지가 높았기 때문이다.

하지만 레이지의 경우 활약한 시간이 극도로 짧았기에 길레터 왕국의 기존 세력 입장에선 땅바닥 위에 불쑥 튀어나온 돌과 같았다. 만약 레이지가 길레터 왕국을 떠난 뒤에 쉘턴과 칸나가 찾아왔다면 십중팔구 원치 않은 방향으로 일이 전개되었을 게 분명하다.

"케인즈 경의 총사령관 취임식이 내일이었지?"

엘레노어의 물음에 레이지는 가볍게 고개를 끄덕거렸다.

두 번에 걸쳐 길레터 왕국을 위기에서 구했지만 매번 포상을 거부하던 레이지는 각료 회의가 있던 그날, 아버지인 케인즈에 대한 직위 상승을 요청했다.

사실 크로이덴 가문은 레이지가 나타나기 이전에도 무려 두 명의 소드마스터가 동시대에 배출될 정도로 손꼽히는 무가였으며 대륙 전쟁과 그 후 이어진 베릭쿠스의 침략에 용맹하게 맞서 싸운 전력이 있다. 그럼에도 왕궁기사단장의 지위에 만족하고 그 이상 뭔가 국가에 바라지 않았다.

레이지는 자신의 배경으로 정치적 입지를 확보해 줄 인물이 필요했고, 아버지 케인즈를 택했다. 공교롭게도 두 아들은 포상을 바라지 않았기에 아버지 한 명에게 모두 돌아갔고, 케인즈는 계속 만류하다가 결국에는 총사령관 자리를 받아들이기로 결심했다.

레이지가 떠나기 전날 밤, 케인즈는 자신의 집무실로 두 아들을 불렀다. 그리고 레이지의 양 어깨를 움켜쥐며 말했다.

"길레터 왕국은 나와 형에게 맡겨라. 넌 보다 넓은 곳으로 날개를 활짝 펼쳐라. 그리고 그 어떤 고난이 닥치더라도 반드시 이겨내야 한다."

총사령관의 자리에 올라선 자신보다 아들 레이지가 앞으로 겪을 고충이 더 심할 거라 여겼기에 케인즈는 내심 불안을 감추지 못했다. 하지만 어느새 자신의 손이 닿지 않는 머나먼 곳을 향해 가는 아들을 배웅해 줄 수밖에 없었다.

레이지는 여전히 자신을 진짜 '아들'로 생각하고 있는 케인즈에 대해 뭔가 아련한 느낌을 받았지만 티내지 않고 감정을 억눌렀다. 그들에게 진짜 레이지를 돌려주지 못하는 이상, 그 어떤 일이 있어도 '레이지'의 가족에게만큼은 자신이 제이워드라는 사실을 숨겨야 했기에 어설픈 감정에 휘말리는 건 용납할 수 없었다.

그렇게 생각에 잠긴 사이 비공정이 조금씩 흔들리기 시작하더니 천천히 하늘을 향해 수직으로 상승하기 시작했다. 비공정의 출항을 환송하기 위해 모여든 인파들은 진짜로 비공정이 움직이는 걸 보며 감탄사와 함께 환호성을 내질렀다. 레이지와 함께하고 싶었지만 조국을 지켜야 하는 의무를 저버릴 수 없었던 케인즈와 케이지, 그리고 크루제이커는 못내 아쉬운 얼굴로 멀어져만 가는 비공정을 응시했다.

함장실 안의 승무원들이 비공정의 조정을 위해 분주하게 움직이는 것과 달리 갑판 위에 서 있는 세 명의 남녀는 조금의 동요도 없이 정면만을 바라보았다.

계속 수직으로 상승하던 비공정이 잠시 멈춰 서더니 천천히 방향을 돌려 동쪽을 향했다. 그리고 천천히 가속도가 붙기 시작하더니 이내 빠른 속도로 하늘을 가르며 날아갔다.

그렇게 20여 분이 넘는 시간이 흐르자 비공정은 어느덧 길레터 왕국의 국경선을 넘어 칼루아 왕국 상공으로 진입했다. 레이지는 눈에 마법을 걸어 시력을 증폭시킨 뒤 북쪽을 바라보았다.

"역시, 행운은 우리 편이야."

시야를 가득 메운 수십여 기의 와이번 라이더를 본 레이지의 입가에는 승리의 미소가 자리 잡았다.

Chapter 65
예상치 못한 조력자

1

페르디어스 왕국을 목적지로 잡고 자동항공 모드로 돌입한 비공정은 분주하기 이를 데 없었다. 평소 드넓기만 했던 갑판 위에 50여 기에 달하는 와이번이 대열을 형성한 채 앉아 있었기 때문이다.

감시역을 맡은 승무원 일부를 제외한 모두가 갑판으로 나와 조심스럽게 와이번들을 살펴보았다. 만일 저들이 지금이라도 무기를 들고 승무원들을 공격한다면 돌이킬 수 없는 상황으로 돌변할지도 몰랐다.

정작 와이번 라이더들 앞에 선 레이지는 여유로운 자세로 레니를 맞이했다.

"예정보다 일이 지체된 점, 진심으로 사과드립니다."

레니는 허리에 차고 있던 검을 풀어서 갑판 위에 내려놓더니 오른쪽 무릎을 꿇으며 레이지 앞에 고개를 숙였다. 그녀를 따라온 다른 와이번 라이더들 역시 일제히 몸을 숙이며 투항했음을 알렸다. 특이하게도 남성은 하나 없이 전원 여성들로만 이루어져 있었다.

"이제야 진심으로 투항했다는 느낌이 팍팍 드는군."

예상했던 100여 기에는 한참 모자랐지만, 50명에 가까운 와이번 라이더를 섭외한 것만으로도 충분한 성과였기에 레이지는 흡족한 미소를 지으며 와이번 라이더들을 빙 둘러보았다. 그리고 자세를 낮추더니 레니와 눈높이를 맞췄다.

"하지만 너희들이 충성을 바칠 대상은 어디까지나 공주겠지. 억지로 날 따를 리도 없고. 그러면, 흐음… 말투부터 바꿔야겠군요."

레이지는 직접 레니의 손을 잡아 일어서게 이끌었다.

"전 억지 충성 따위 원하지 않습니다. 저와 뜻을 함께할 분들만 태울 뿐입니다. 이곳에선 누구의 지위가 높으니 낮으니 같은 문제는 따지지 않습니다. 각자 역할을 나누어 분담할 따름이지요."

레이지에게 필요한 건 부하가 아니라 생사를 같이 할 동료

뿐이다. 서로의 목적이 부합하는 한 함께하는 것으로도 족하다.

"레니님, 당신이 데리고 온 와이번 라이더들은 앞으로의 계획에 있어서 가장 큰 역할을 담당할 예정입니다. 그러기 위해선 그동안 쌓인 피로를 푸는 것이 최우선입니다."

레이지가 오른손을 들어 가볍게 손짓하자 수십여 명의 메이드가 우루루 달려가더니 와이번 라이더들을 이끌고 갑판 아래로 통하는 계단으로 안내했다.

다른 메이드들은 각자 거대한 대야를 들고 오더니 와이번들의 앞에 하나씩 놓았다. 며칠 동안 쉬지 않고 날아왔을 게 뻔한 와이번들을 위해 익히지 않은 생닭을 대야에 다섯 마리씩 담아왔다. 자신들을 이끌던 라이더들이 사라지자 경계를 품던 와이번들은 오래간만에 맡은 고기 냄새에 커다란 입을 벌리더니 닭고기를 통째로 삼켰다.

삼엄한 경계 속에서 우선 자신들을 가두고 심문부터 시작될 거라 여겼던 레니의 예상과는 너무 딴판으로 일이 진행되었다. 너무 친절하게 나오는 비공정 측의 태도에 뭔가 꾸미고 있나 하는 의심마저 들었다.

"뭔가 석연치 않다는 얼굴이로군요."

"아, 그건……."

"딱히 당신을 믿기 때문은 아닙니다. 단지 가능성이 적을 배신에 겁내며 신중히 진행하기 보단 효율적인 쪽을 택한 것에 불과하죠."

투항이 아닌 공격 의도를 품고 와이번 라이더들을 데리고 왔을 가능성은 그들이 갑판 위에 아무런 저항 없이 내린 순간부터 사라졌다. 후에 기회를 노려 비공정의 탑승자들을 인질로 삼고 왕자에게 돌아갈 거란 가능성은 처음부터 배제했다. 그 어떤 수를 제시하더라도 공주를 풀어줄 리 없는 왕자라면 레니가 이끌고 온 와이번 라이더들과 함께 비공정을 불태워 버릴 게 뻔하니까.

물론 만약의 경우를 대비해 방금 전 와이번들에게 먹인 사료에 특수한 약을 집어넣었다. 그동안 쌓인 피로를 풀리게 하는 효과와 더불어 한동안 깊은 잠에 빠지는 수면 작용이 섞여 있었다. 실제로 닭을 다 먹은 와이번들은 몸을 비틀거리더니 이내 거대한 날개를 아래로 툭 내려뜨리고 두 눈을 감았다. 와이번만 제어할 수 있다면 수십여 명의 와이번 라이더야 쉽게 통제할 수 있으니까.

'이제야 좀 든든해진 기분이야.'

와이번 라이더가 지닌 위력은 사실 현 레이지 일행에 비교한다면 기대보다 떨어지는 게 사실이었다.

하지만 지형적 제약을 무시하고 빠른 속도로 대륙 곳곳을 활보할 수 있다는 사실만으로도 와이번 라이더의 가치는 높다. 상대 병력을 정찰하거나 동태를 파악하기에 이보다 더 좋은 수단은 존재하지 않는다.

하늘을 난다는 점에서 비공정도 같은 이점을 지녔지만 거대한 규모 때문에 따로 은폐 마법을 걸지 않은 이상 지상에서 쉽게 발견된다는 단점을 지녔다. 그것마저 극복할 수 있는 와이번 라이더의 실용성을 드디어 얻은 것이다.

"오오, 이것이 와이번이란 말인가!"

이번 임무에 유일하게 추가된 인원인 펠튼은 함장실에 나오자마자 수십여 마리의 와이번을 바라보며 감탄을 금치 못했다. 그는 깊게 잠들어 버린 와이번에게 달려가더니 여기저기 살피기 시작했다. 백발이 왕성한 노인이 마치 어린아이처럼 와이번을 신기하게 바라보며 연신 감탄사를 내뱉자 주변에 있던 메이드들은 입을 가리며 웃음을 참는 데 급급했다. 방금 전 이륙할 당시에 가장 떠들썩하게 굴었던 사람 역시 다름 아닌 펠튼이었다.

"자자, 모두 함장실로 돌아가 제 임무에 착수하도록. 페르디어스 왕국까지 걸리는 시간 동안 경계를 게을리해서는 안 돼. 인제 징찰병이 날아올지 모른다고!"

엘레노어의 목소리에 메이드들은 일사분란하게 함장실 안으로 뛰어 들어갔다. 그와 반대로 계속 함장실에 머무르고 있던 쉐스가 엘레노어에게 다가갔다.

"스승님, 혹시 마법을 쓰시진 않았습니까?"

"마법? 내가?"

"비공정이 이륙할 때 뭔가 강렬한 마나의 흐름이 느껴졌습니다. 마나 코어에서 흘러나온 마나가 아닌 것만은 확실했습니다."

"네가 강렬하다고 느낄 정도면 최소한 너와 동급이란 이야기일 텐데……."

서클 5 이상의 마법 실력을 지닌 이는 현 비공정 안에 총 다섯 명이다. 엘레노어와 레이지는 계속 갑판 위에 있었지만 마법을 쓰진 않았다. 마리에타는 비공정의 조타수 역할을 하느라 딱히 마법을 쓸 이유가 없었고, 펠튼은 난생 처음으로 공중에 떠오르는 감각에 사로잡혀 감탄사만 내질렀다.

"안 되겠어. 갑판 아래로 내려가 수색 작업을……."

콰과광!

순간 갑판 위가 심하게 흔들리면서 강렬한 폭발음이 울려 퍼졌다. 뭔가 일이 급박하게 흘러감을 직감한 레이지는 뒤도 돌아보지 않고 갑판 아래로 통하는 계단으로 뛰어갔다. 엘레노어는 폭발의 근원지에서 흘러나온 마나를 감지하고 공간이동마법을 시전하기 시작했다.

2

쉬지 않고 계속 뛰어다니며 비공정 안을 탐색하던 레이지는 지하 3층 복도 안쪽에서 피어오르는 연기를 발견하고 프로스트 엣지를 뽑아 들었다. 연기를 손으로 걷어내며 안으로 들어간 레이지의 시야에 시커멓게 그을린 벽과 바닥, 그리고 천장이 들어왔다. 그리고 멍한 표정으로 주저앉아 있는 마리에타를 발견했다.

"괜찮습니까?"

"저, 저는 괜찮아요."

좁아진 시야가 넓어지자 마리에타 혼자만이 아니라 엘레노어가 함께 있음을 알아챘다. 그녀는 믿을 수 없다는 눈으로 바닥에 쓰러져 있는 한 남자를 유심히 내려다보고 있었다.

레이지는 마리에타를 부축해서 일으킨 뒤 등을 살며시 두들겼다.

"다친 곳는 없습니까?"

"네, 단지 놀라서 정신이 없었을 뿐이에요."

"어떻게 된 일인지 설명해 줄 수 있겠습니까?"

마리에다는 숨을 크게 들이쉬더니 길게 내뿜었다. 그리고 쓰러져 있는 남자를 손가락으로 가리켰다.

"조타를 마치고 제 방으로 쉬려고 가던 중에, 못 보던 얼굴이 있어서 누구인지 물어봤어요."

"그리고?"

"이번에 새로 탑승했다고 말하고 그냥 지나치려고 하기에 손을 붙들었죠. 애초에 비공정에 탑승한 남자 중 제가 모르는 얼굴이 있을 리 없잖아요?"

레이지가 의도한 바는 아니었지만, 비공정 안에 있는 자들은 대부분 여성으로 구성되었다. 기껏 추가된 인원은 펠튼 한 명뿐이었고.

"그래서 손을 붙들었어요. 그런데… 강력한 마나가 느껴지지 뭐예요? 순간 적이라고 판단하고 마법을 시전했는데……."

"시전했는데?"

"제 마법이 완성되자마자 빠른 속도로 마나의 장벽을 구현하더니 튕겨내 버렸어요. 덕분에 복도가 홀라당 타버렸죠."

"마리에타, 그 어떤 일이 있어도 무사해야 합니다. 이런 좁은 곳에서 마법 구현은 아무리 위태로운 상황이더라도 조심하도록 하십시오."

진지한 어조로 자신을 걱정하는 레이지의 눈빛에 마리에타의 얼굴은 자신도 모르게 빨갛게 달아올랐다. 하지만 이내 얼굴을 옆으로 돌리며 수줍어했다.

"그래서 저 남자를 혼자서 쓰러뜨린 겁니까?"

"아니에요. 너무 놀란 나머지 당황하는 사이 그냥… 쓰러졌어요."

"네?"

뭔가 어이없는 결말이 나오자 레이지는 남자의 얼굴을 유심히 살펴봤다.

'잠깐, 저 얼굴은 낯설지가 않아. 어디에서 봤더라?'

레이지로 다시 부활한 이후의 기억 안에는 없는 얼굴이었다. 그리고 제이워드일 때의 기억을 떠올리자 단번에 레이지의 안색이 바뀌었다.

"제이워드, 너도 저 남자를 알고 있었던 거야?"

"엘레노어, 너야말로?"

"내가 마지막으로 저 남자를 봤을 때가 아마… 지금의 네 나이쯤이었던 걸로 기억해. 아직 마법에 대해 미숙했던 나를 가르쳤던 황궁 소속 마법사였어."

그리고 제이워드의 앞을 가로막았던 가장 큰 벽 중 하나였다. 당시 그를 이겼던 것은 운에 가깝다고 제이워드 스스로 인정할 정도의 실력자였다.

"페일 M. 젤킨스……."

사망 당시 서클 6의 매직 유저로, 물 계열 마법을 능숙하게 구사했지만 진짜 특기는 제약이 걸린 마법 구현이었다.

"하지만 분명히 내 손으로 죽였어. 그런데 어떻게 지금 여기에 나타난 것이지?"

레이지의 의문은 곧 풀렸다.

페일의 아버지는 다름 아닌 바르가스 M. 젤킨스. 오랜 시간에 걸친 노력 끝에 사자부활마법을 완성한 장본인이다.

"가장 부활하지 않기를 원했던 망령이 다시 나타났군."

레이지는 과거 그와의 치열했던 대결을 떠올리며 섬뜩한 기분에 사로잡혔다. 혹시 자신이 레이지가 아닌 제이워드라는 사실을 알고 이곳에 나타났다면 이유를 불문하고 지금 당장 숨통을 끊어야 한다.

그렇게 결심한 레이지는 프로스트 엣지의 검끝을 페일의 목에 겨누었다. 하지만 뭔가 의아함을 느끼면서 그의 목에 검이 닿기 직전에 멈췄다.

'만약 그가 내 목숨을 노리고 왔다면, 이렇게 허술하게 쓰러질 리 없어. 서클의 높고 낮음을 제외한다면 이제까지 내가 봐온 마법사 중에 가장 치밀하고 합리적으로 싸운 자였으니까.'

레이지는 프로스트 엣지를 검집 안에 집어넣고 거칠어진 숨을 천천히 고르며 마음을 가라앉혔다. 이대로 죽이기엔 알아내야 할 것이 너무 많았다.

3

죽었다고 알려진 페일의 등장으로 비공정 안의 분위기는 사뭇 무거워졌다. 특히 트레이지아 공주를 구하겠다는 목적으로 비공정에 합류한 와이번 라이더들은 혹시라도 불똥이 자신들에게 튈까 걱정하며 배정된 방에 틀어박힌 채 나오지 않았다.

레이지는 비공정 최하층에 자리 잡은 감옥에 페일을 집어넣고선 쇠창살 밖에 앉아 그가 깨어나기만을 기다렸다. 사자 부활마법으로 되살아난 인간의 특성상, 하루 2~3시간 정도만 움직일 수 있기에 좀 더 시간이 지난 뒤에 와도 충분했지만 만약의 경우를 대비해 아예 의자까지 가져와 눈을 부릅뜨고 감시했다.

날이 바뀌어도 식사는커녕 잘 생각조차 안 하는 레이지를 보다 못해 마리에타와 엘레노어가 찾아왔다. 그럼에도 레이지는 자리를 뜰 생각을 하지 않자 그녀들 역시 양옆에 나란히 앉아 기다릴 수밖에 없었다.

결국 페일이 눈을 뜬 건 16시간이 흐른 후였다.

"으윽."

페일은 지끈거리는 왼쪽 관자놀이를 꾹꾹 누르면서 몸을 일으켰다.

"제길, 또 쓰러졌나……."

자신의 의지와 상관없이 쓰러지고 다시 깨어나는 일이 반복되자 살아 있다는 사실 자체가 지긋지긋하게 느껴졌다.

그는 잠들기 전에 마지막으로 본 장면을 떠올리며 지금의 자신이 어떤 상황에 처했는지 파악하기 시작했다. 공간이동 마법으로 남몰래 비공정 안으로 잠입하는 데까지는 성공했지만, 웬 여자가 나타나 자신을 붙들고 놔주지 않았다. 대충 말로 둘러대는 데 실패한 것도 모자라 마법을 시전했기에 본능적으로 마법을 튕겨냈다. 좁은 복도 안이 순식간에 불길에 휩싸이면서 연기가 피어오르는 것을 마지막으로 그의 시야는 어둠 속에 갇혀 버렸다.

"이제 일어났나?"

누군가의 목소리에 페일은 고개를 옆으로 돌렸다. 자신의 앞을 가로막고 있는 두꺼운 쇠창살 너머로 검은 머리칼의 소년이 자신을 노려보고 있었다.

"마법을 쓸 생각 따위 집어치워."

페일의 양손에는 마나를 억제하는 팔찌가 단단하게 채워져 있었다.

"넌 누구지?"

"나는……."

레이지의 질문에 페일은 입을 열다가 도로 다물었다. 난처하다는 표정을 지으면서 머리를 흔들었다.

"내가 누구인지 말해봤자 미친놈으로만 보일 텐데, 그래도 괜찮나?"

페일 본인조차도 사자부활마법으로 되살아났다는 현실을 받아들이기에 제법 시간이 걸린 터였다. 지금 당장 자신들을 노려보고 있는 사람들을 납득시키려면 어디서부터 어떻게 설명해야 할지 막막하기만 했다.

"페일 M. 젤킨스, 전 크루디아 제국 소속의 마법사. 맞나요?"

"날 알아보는 사람이 있을지는… 어."

레이지 옆에 서 있던 엘레노어를 본 페일은 잠시 말을 잊고 멍하니 입을 벌리기만 했다.

"혹시 엘레노어?"

"아직도 절 기억하고 있었나요?"

특이하게도 엘레노어의 어투는 평소보다 부드러웠다. 그녀의 실질적인 스승은 바르가스였지만, 마법 그 자체에 대해 흥미를 가지게 만든 장본인은 바로 페일이었다.

"발육부진의 꼬마 아가씨가 어느새 말만 한 처녀가 다 되었군. 진짜 시간이 흘러갔다는 게 실감돼."

지금으로부터 15년 전쯤에 사망한 페일은 자신을 제외한 모든 것이 세월 속에서 변했다는 걸 깨달았다.

"게다가 아크메이지가 되었다면서? 정말 대단한데?"

엘레노어를 가르칠 당시의 페일은 그녀가 지닌 엄청난 마법적 자질을 파악했고, 앞으로 제국을 이끌 마법사 중 한 명이 될 거라 믿어 의심치 않았다. 그리고 그 기대에 어긋나지 않게 훌륭하게 성장한 엘레노어를 보는 눈빛에는 뿌듯함이 느껴졌다.

"엘레노어님, 사적인 이야기는 잠시 미뤄두었으면 합니다."

"아… 그랬지."

"그러면 본론으로 들어가겠다. 이곳에 온 목적이 뭐지?"

4

"……그러니까, 아버지가 싫어서 대신 우리들을 도울 목적으로 이곳까지 왔다 이 말인가?"

"그저 싫은 정도가 아니야. 그 인간과 같은 피가 흐르고 있다는 사실 자체만으로도 혐오스러울 정도지. 죽기 전이나, 되살아난 지금이나 마찬가지다."

바르가스와 페일의 사이가 결코 좋지 않다는 이야기는 제이워드일 때 넌지시 들은 바 있기도 했다.

"그래서 아버지가 몸담고 있는 베릭쿠스가 아닌 날 찾아왔다 이 말인가?"

"그래."

"널 살려냈음에도?"

"내 의지로 부활했다면 모를까, 타인에 의해… 그것도 가장 싫어했던 그 인간의 손으로 되살아난 이상 베릭쿠스를 위해 싸우고 싶은 마음은 조금도 없어."

이야기가 진행되는 와중에 레이지는 강한 이질감을 느꼈다. 이는 사자부활마법의 연구에 참여했던 엘레노어와 이전 교황령에 머무를 때 포트란에 맞서 싸웠던 마리에타도 마찬가지였다.

이제까지 봐왔던 사자부활마법의 체험자들과는 너무나 달랐다. 그저 죽기 전의 기억 일부만을 지니고 행동했던 것과 달리 지금 페일은 너무나도 자연스러운 '인간'처럼 보였다.

"너희들은 절대 이해하지 못할 거다. 죽었다가 살아난 경험이 있어야 공감할 수 있거든."

"그런가……."

애매하게 대답한 것과 달리 레이지는 페일의 말을 십분 이해할 수 있었다. 다른 방식이긴 하지만 그 역시 죽었다가 살아난 몸이니까.

"지금 당장 날 믿어달라는 이야기는 결코 아니야. 입장을 바꿔 놓는다면 나 역시 믿기 힘들게 뻔하거든. 아니, 딱히 믿어주지 않아도 돼. 난 그저 그 망할 인간이 하는 일을 방해하고……."

"그리고?"

"난 아무리 오래 살아봤자 10년을 넘기지 못해. 날 부활시키려고 아버지란 인간이 제법 공을 들이긴 했지만, 사자부활 마법의 한계 자체는 극복할 수 없었지. 그런 내가 선택할 수 있는 길은 하나뿐이야. 짧고 굵게. 모든 이들의 뇌리에 지워지지 않도록 각인시키고 싶거든."

오직 복수라는 신념 하나로 수십 년을 살아온 레이지로선 페일의 말을 이해하기 힘들었다. 무수히 많은 인간들에게 기억된다 한들 원하는 바를 이루지 못하면 아무런 의미 없다.

"도저히 이해할 수 없다는 표정 같은데, 이해할 필요 따윈 없어."

"그래, 네 의도가 진짜 그렇다고 치자. 하지만 정작 가장 중요한 게 전혀 설명되지 않았어. 왜 몰래 비공정에 잠입했지? 우리들 앞에 당당히 나타나 비공정에 합류하고 싶다고 말하는 편이 더 쉽지 않아?"

"네가 그동안 길레터 왕국에 머물면서 들은 이야기가 몇 개 좀 있거든. 교단과 카르도니아 왕국의 도움을 거절했다면서? 그런 네 앞에서 함께하고 싶다고 나타난 나를 받아들였을까?"

당연히 아니다.

무엇보다 죽기 전까진 크루디아 제국을 위해 싸웠던 마법사를 단지 힘을 필요로 한다는 이유로 받아들이기엔 위험요소가 너무나 크니까.

"그렇다고 비공정이 떠나가는 걸 보고만 있을 수 없잖아? 내 사고방식으로는 좀 막무가내였지만 우선 비공정에 숨어든 뒤에 기회를 노리기로 마음먹었지."

"그리고 마법으로 마리에타를 노리고?"

"마리에타? 아, 엘레노어 옆에 있는 저 아이 말이야?"

페일은 자신의 숨겨놨던 마나를 단번에 알아챈 마리에타를 유심히 바라보았다.

"어린 나이에도 벌써 서클 6의 경지에 오른 것도 모자라서, 단번에 수상한 낌새를 알아채고 날 막아섰더군. 사실 내가 마법을 반사시킬 때 무의식적으로 증폭시켰거든? 나도 순간 아차 싶었지. 날 껴달라고 부탁하기도 전에 누군가를 골로 보내버리면 내 입장이 곤란해지잖아? 그런데도 멀쩡히 살아 있으니 참 대단해. 과연 비공정에 합류될 만한 실력자인데?"

페일은 내심 마리에타의 실력과 안목에 감탄을 금치 못했다.

"저, 그게 사실은……."

"겸손 떨지 않아도 돼. 비록 나보다는 못하지만 길레터의 대마법사 펠튼의 손녀다웠어."

"하아, 그게 아니라고요."

마리에타가 페일을 수상하다고 여긴 건, 단지 자신이 모르는 '남자'가 비공정 안에 있을 수 없다는 사실 하나 때문이었다. 그걸 모르고 계속 자신을 칭찬하는 페일의 말에 낯간지러워서 미칠 지경이었다.

"자, 어떻게 할 거야? 난 네 스승이었던 제이워드와 피 말리는 대결을 할 정도의 실력자라고. 그냥 이런 감방 안에 썩혀두기엔 너무 아깝지 않아?"

5

엘레노어의 방 안으로 들어온 레이지는 팔짱을 낀 채로 침대에 걸터앉았다. 겉으로 내색하지 않았지만 와이번 라이더를 받아들인 것만으로도 어떤 사태가 발생할지 모르는데, 하필이면 옛날의 자신을 상대했던 마법사가 나타나다니…….
레이지의 머릿속은 오만가지 생각이 서로 교차하며 복잡해졌다.

"엘레노어, 어떻게 할까?"

"난 네가 내린 결정이 옳거나 그른지에 대한 판단만을 하겠어. 나 역시 갑자기 살아 돌아온 페일 아저씨 때문에 정신이 없거든."

"아저씨?"

"아, 그게 어릴 적에 그렇게 불렀거든."

겉모습으론 30대 중반의 남성이지만, 죽지 않고 지금까지 계속 살아 있었다면 50살을 넘었을 페일에게 아저씨라는 말 자체는 어색하지 않았다.

"많이 친했나 봐?"

"그래 봤자 지금은 골칫거리에 불과해."

"그 '아저씨'를 죽인 장본인이 바로 나야. 혹시 나에게 복수라도 할 작정은 아니겠지?"

"그런 마음은 예전 너와 적으로 만났을 때 품고 있었을지도 몰라. 하지만 이젠 지난 일이야."

엘레노어의 대답에 레이지는 안도하기보단 아직까지 스승에 대한 복수만으로 살아가고 있는 스스로에 대해 쓴웃음이 절로 나왔다.

"우선은 페일을 어떻게 처리해야 할지 그걸 결정해야겠어. 그냥 저 지상으로 떨어뜨려 죽이는 방법도 있겠지만……."

"제이워드, 너 미쳤어? 그러면 와이번 라이더들이 어떻게 생각하겠어?"

"나도 잘 알아. 여러 방법 중 하나라는 의미야."

엄연히 적이었던 레이지 일행에 투항한 와이번 라이더들의 입장으로선 비공정에 머무르는 것 자체만으로도 불안할 수밖에 없다. 그런 상황에서 포로나 다름없는 페일을 죽인다면 자신 역시 똑같은 운명을 따라갈지 모른다는 착각에 빠지기 쉽다. 그렇다고 그냥 가두어놓기엔 뭔가 아까웠다. 페일 스스로의 입으로 말하긴 했지만 마법사로서의 실력과 자질은 확실히 뛰어났기 때문이다.

"그렇다면 이런 식으로 이용해 볼까?"

일을 진행함에 있어서 가장 좋은 방식은 일사천리로 모든 일이 풀리는 우연을 기대하는 게 아니라, 불안요소를 하나씩 줄여 최소화시키는 데에 있다. 트레이지아 공주를 구출하기 위해선, 그녀가 갇혀 있는 베르오나 성까지 들키지 않고 접근해야 한다.

"좀 있으면 비공정 전체에 은폐 마법을 걸어야 하잖아? 아무리 아크메이지인 너라 하여도 페르디어스 왕국 수도까지 도착하는 동안 거대한 이 비공정의 마법을 유지하는 건 큰 무리야. 그렇다고 수도 가까이에 다가간 뒤에 은폐 마법을 걸어봤자 아무런 의미가 없을 테고."

"그러면 페일 아저씨… 아니, 그에게 마나 코어를 충전시키는 역할을?"

"그래, 그러면 넌 은폐 마법을 전개하는 일에만 전념할 수 있게 되지. 그나마 그게 지금으로선 최선의 활용책이야. 덧붙여서 원래 마나 코어의 충전 역할을 담당했던 펠튼님을 오러 캐넌의 분석과 작동 쪽으로 돌릴 수 있는 이점도 생겨."

현재 비공정 내에는 서클 5 이상의 매직 유저만 무려 여섯 명씩이나 있다. 엘레노어와 마리에타를 비롯하여 쉐스와 레이지, 그리고 마법을 더 이상 쓸 수는 없지만 마나 자체는 가지고 있는 벨라와 이번에 새로 합류한 펠튼까지 포함해서.

그럼에도 비공정을 움직이는 데 소모되는 마나량만 해도 엄청났다. 하지만 페일의 마나를 제대로 이용할 수 있다면 예전에 짜놨던 계획을 수정하여 더욱 은밀한 이동이 가능해진다.

"아까 그 녀석이 하루에 8시간까지 움직일 수 있다고 말했지?"

"응, 이제까지 만난 사자부활마법의 성공 사례 중에선 가장 월등한 구동시간을 지니고 있어."

"그렇다면 그 시간 동안 함장실에 데리고 가 녀석의 마나를 쪽쪽 빨아내면 돼. 물론 허튼 수작 못하도록 옆에 딱 붙어서 감시하는 수고 정도는 해야겠지만."

6

결국 레이지는 페일을 비공정의 기동용 마나를 충전하는 데 활용하기로 결정했다. 페일은 고작 그런 일에만 자신을 쓴다면 손해 보는 일이라며 투덜거렸지만 죽이지 않고 살려둔다는 점에서 안도의 한숨을 내쉬었다.

매일 아침 10시에서 저녁 6시 사이 8시간 동안 페일은 감옥에서 나와 함장실 정가운데에 위치한 마나 코어를 충전시키는 일을 담당했다. 레이지는 혹시나 일어날지 모르는 돌발상황에 대비해 자신이 직접 그를 감옥에서 꺼내오고 도로 가두는 일을 전담했다.

"다들 왜 이렇게 조용해?"

페일은 두 손을 마나 코어에 댄 채로 주변을 둘러보았지만 누구 하나 입을 열지 않았다. 메이드들은 각자 자리에 앉아서 감시망 화면을 주시하고 있었다. 허리에 새로 얻은 검 플레임 크로스를 차고 있는 오를레앙은 상대가 '남자'이다 보니 먼저 말을 건넬 이유 자체가 없었다.

"사람을 부려먹으면 그만큼 상대도 좀 해달라고. 안 그런가?"

레이지는 프로스트 엣지의 손잡이를 움켜쥔 채, 페일의 옆에 의자를 놓고 앉아 있기만 했다. 저렇게 자신에게 뭔가 반응해 주길 원하는 상대에겐 협박이나 윽박지름보단 무관심이 최고의 방책이기 때문이다. 메이드들은 며칠 전 멋모르고 페일이 건넨 말에 대답했다가 그 즉시 엘레노어에게 끌려가 혼쭐났기 때문에 눈조차 마주치기 꺼려했다.

결국 혼자 떠드는 것에 지친 페일은 고개를 위로 들어 함장실의 천장을 바라보았다. 비공정에 몰래 숨어들었을 때 봤던 내부는 단지 커다란 배라는 인식만 심어주었지만, 함장실에 설치된 장비나 외형적인 요소는 시대를 넘어서는 이미지를 안겨 주었다. 페일 역시 매직 유저로서 마법에 빠진 자였기에 몇 번이나 본 함장실 내부에 감탄하기만 했다.

"어이, 아가씨. 그건 뭐야?"

결국 지루함을 참지 못한 페일은 조타키를 붙잡고 비공정을 조작 중인 마리에타를 넌지시 바라보았다. 마나 코어와 조타석의 위치상 둘과의 거리는 그다지 멀지 않았다.

마리에타는 순간 자신도 모르게 입을 열다가 옆에 앉아 있는 레이지가 고개를 설레설레 젓는 걸 보고 급히 다물었다. 그리고 왼손으로 키를 붙잡고 오른손에 쥐고 있던 마법서를 다시 들어 올렸다. 이미 조타 자체에 능숙해진 터라 멍하니 키를 붙잡기보단 연구 중이던 마법 주문이라도 읽으라는 엘레노어의 지시를 충실히 따르고 있었다.

"거기에서 그런 식으로 제약 걸면 곤란해."

"네?"

"마나 소모를 줄이는 것에만 집착하지 말고, 좀 더 유연하게 사고를 넓혀보라고. 예를 들면……."

페일은 얼굴을 쓱 내밀더니 마리에타가 읽고 있던 마법서를 한 번 쓱 훑어보고선 작게 룬 문자로 읊었다. 그리고 마리에타에게 따라 해보라고 권유했다.

"어때? 확실히 이전과 구현시간이 미묘하게 짧아졌지?"

"어머, 정말 그러네요. 그것 말고도 마나의 흐름 자체가 일순간 빨라진 느낌도 드는군요."

"그건 웬만한 마법사들도 모르고 그냥 지나치는 감각인데…… 굉장한데?"

"그런가요?"

"하긴 마법사 집안에서 태어났고, 저 아이의 제자가 될 정도면 당연한 이야기로군. 말이 나온 김에 한마디 더 하자면……."

하지만 페일은 뺨에 와 닿는 차가운 감각에 입을 급히 다물었다. 어느새 프로스트 엣지를 빼 든 레이지의 냉혹한 표정이 그의 시야 안에 들어와 있었다.

"쓸데없는 이야기는 삼가라."

"휴우, 알았다고. 하지만 저 아가씨 왠지 모르게 뭔가 마법사로서 균형이 뒤죽박죽이야. 높은 수준의 마법을 구사할 수 있는 것만은 분명한데 의외의 부분에서 부족한 점이 확실히 느껴져. 스승을 제대로 만나긴 한 거야?"

페일이 아무런 생각 없이 던진 말에 함장석에 앉아 있던 엘레노어의 얼굴이 새빨갛게 달아올랐다. 하지만 틀린 말이 아니었기에 발끈하지 않고 그저 참을 뿐이었다.

7

마나 코어의 충전이 끝나자 페일은 항상 그래 왔던 것처럼 푹 쓰러졌고, 그런 그를 레이지가 끌고 가 감옥에 가두었다.

"막상 피곤한 건 저놈이 아니라 나 같아."

레이지는 그저 옆에서 지켜보고 감시하는 일만으로도 신경이 상당이 예민해짐을 느꼈다. 그건 엘레노어도 마찬가지였다.

"저렇게 말이 많은 사람이었던가……."

"저 녀석에게 마법 배운 적이 있었다며? 그때는 안 그랬나?"

"배우는 입장이었으니 뭔가 주절주절 쉬지 않고 설명해도 당연하다고 느꼈지."

"진짜 같은 편이 되어도 주변을 피곤하게 만들 타입이야."

레이지는 아무것도 모르고 곤히 잠들어 있는 페일의 얼굴을 보자 저절로 짜증이 확 밀려왔다. 마음 같아서는 쇠사슬로 쏭쏭 감아 지상으로 휙 내던시고 싶은 충동까지 일었지만, 그의 합류로 마나 코어의 충전이 훨씬 수월해졌기에 지금 와서 버리기엔 아까웠다.

"사자부활마법의 단점이 이렇게 장점으로 느껴질 줄은 상상도 못했어. 8시간이 아니라 24시간 신경을 거슬리게 만들었다면 충전이고 뭐고 따지지 않고 내던졌을지도 몰라."

최소한 하루 중 16시간은 페일을 신경 쓰지 않고 다른 일에 몰두할 수 있으니 말이다.

"엘레노어, 앞으로 며칠 남았지?"

"4일에서 5일 사이로 예측 중이야."

비공정의 최대 출력으로 이동했다면 어제쯤 페르디어스 왕국의 국경선을 넘어갈 수도 있었다. 그러나 어디까지나 비밀리에 수도까지 날아가야 했기에 일부러 느린 속도로 이동하면서 은폐 마법의 준비를 서둘렀다.

"그러면 넌 펠튼님에게 오러 캐넌의 작동까지 어느 정도 남았는지 대신 물어봐 줘. 난 레니를 찾아 할 이야기가 있어."

*　　　*　　　*

레니가 데리고 온 50여 명의 와이번 라이더는 비공정의 지하 4층에 함께 머무르면서 조직 체제를 정비 중이었다.

레이지는 드넓은 갑판 위에 임시 막사를 설치해 수십여 마리의 와이번을 그들이 알아서 관리하도록 배려해 주었다. 소수의 인원만이 항시 막사에 머물면서 와이번들이 혹시라도 도망치지 못하도록 관리했고, 나머지는 갑판 아래 비공정 내에 머무르면서 공주를 구할 날만을 기다렸다.

"아, 오셨습니까?"

탁자 위에 페르디어스 왕국의 지도를 펼쳐 놓고 부하들과 회의 중이던 레니는 레이지를 반갑게 맞이했다. 그녀의 부하들은 레이지를 보자마자 반사적으로 경례를 붙였지만, 막상 레이지는 자신은 그런 입장이 아니라며 손사래를 쳤다.

그는 지도에 표시된 수십여 개의 빨간색 동그라미를 보며 페르디어스 왕국군의 수비 라인을 간략하게 파악했다. 그리고 어제 봤을 때보다 동그라미의 수가 살짝 늘어나 있다는 점이 눈에 띄었다.

"좀 수가 늘어난 것 같습니다만?"

"어제 제가 직접 다녀오고 파악한 결과물입니다."

그녀의 끈질긴 인내심과 정찰 능력은 이미 예전 오를레앙이 납치당할 때 간접적으로 파악한 바가 있었기에 정확성에 의문을 표하진 않았다.

"하지만 그들 역시 레니님의 존재를 알아채지 않았을까요?"

"그럴 땐 더 높은 고도로 올라가서 내려다보면 됩니다."

"전후좌우만 경계하면 되는 보병과 달리 와이번 라이더들은 상하라는 개념을 갖추고 있지 않습니까? 그렇다면 자신의 위도 항상 경계할 텐데……."

"그렇기에 한 기당 수용 가능한 경계영역을 정해서 순찰합니다. 전 그 범위를 알고 다소 무리해서 위로 올라간 것뿐입니다."

덕분에 레니는 매번 순찰을 마칠 때마다 지쳐 쓰러진 와이번들을 교대해야 했다. 그녀 본인 역시도 누적된 피로에 눈동자 주변에 시뻘겋게 실핏줄이 드러났지만 개의치 않고 말을 이어나갔다.

"현재 페르디어스 왕국의 국경선 부근에 다수의 와이번 라이더가 넓은 경계망을 형성한 상태입니다. 대략 150여 기 정도로 추산됩니다."

"그렇다면 수도에 남아 있을 수는 최대 100에서 150여 기까지로 산출될 수 있겠군요."

이렇게 되면 은폐 마법 없이 무작정 국경선을 넘었다간 발각되기 십상이다. 하지만 일단 들키지 않고 수도까지 도착한다면 구출 작전을 벌이는 동안 넓게 흩어진 와이번 라이더들이 재집결하는 데 상당한 시간이 소모될 터였다.

레이지는 바로 이 점을 노리기로 했다. 마침 페일 덕분에 엘레노어는 은폐 마법을 위한 마나를 축적하는 데 전념할 수 있어서 계획대로만 된다면 이번 구출 작전 자체에는 큰 문제가 없다고 판단했다.

'하지만 이대로는 뭔가 부족해.'

침입이 아닌 반란으로 인식되기 위해 와이번 라이더들을 받아들였지만, '반란' 그 자체라는 단어가 지닌 반감까지 제거하기엔 무리다.

잠시 고민하던 레이지는 눈을 살짝 깜박거리더니 이내 미소를 지었다.

"잠시 귀를 빌려주십시오."

레이지는 레니에게 귓속말로 방금 전 떠올린 방안을 말했다. 그러자 레니는 화들짝 놀라며 자신의 귀를 의심했다.

"가능한 일입니까?"

"네. 그분이라면 제 말을 듣고 반드시 나타나실 겁니다."

"하지만 전 부끄럽게도 그분의 존안을 한 번도 뵌 적이 없습니다. 아직 그 정도의 지위까지 올라선 적이 없었기에……."

"이것만 명심하시면 됩니다. 만약 어느 쪽이 진짜인지 모르신다면 무조건 젊은 쪽을 택하십시오. 그러면 왕자의 첩자가 아닌 제가 보낸 사람이라고 확신하실 겁니다."

8

페르디어스 왕국의 수도 베르오나 성.

지하 깊숙한 곳에 위치한 감옥 안에는 적막만이 감돌았다. 불과 한 달 전까지만 하더라도 많은 이들이 투옥되었지만 하루하루가 지날수록 쇠창살 밖으로 끌려간 자들은 다시 돌아오지 않았다.

무죄를 인정받고 풀려나서?

결코 아니었다. 그들은 많은 시민들이 보는 앞에서 자신의 죽음을 받아들여야만 했다. 그렇게 시간이 흘러갈수록 감옥 안에 남아 있는 자들의 마음은 메마르고 피폐해져만 갔다.

"……."

유일하게 홀로 투옥된 트레이지아는 불빛 하나 없는 어둠 속에서 홀로 서 있었다. 어릴 적에 시력을 잃어버린 그녀에게 어두움은 익숙함 그 자체였지만, 이곳에 투옥된 이후 타인의 고통과 절망이 뒤섞인 어둠을 받아들이기 힘들었다.

"!"

쇠창살 너머로 들려오는 발자국 소리에 그녀는 숙였던 고개를 들어 올렸다. 그리고 목소리를 듣지 않고도 누구인지 알아챘다. 검은 색으로만 점철된 시야 안에서 친숙하게 느껴졌던 기운이 다가왔기 때문이다.

"트레이지아, 잘 지내고 있었나?"

"오라버니!"

그녀는 두 손을 뻗어 팰컨 왕자에게 다가가려고 했지만 두

꺼운 쇠창살이 앞을 가로막았다.

"어떤가? 항상 혼자 있기를 선호하는 거 같아서 일부러 주변 사람들을 밖으로 빼냈다. 맘에 드는가?"

팰컨은 일부러 기존 투옥자들을 죄다 다른 감옥으로 이송시켰다. 그리고 트레이지아를 맨 처음 가두고 그 뒤 그녀와 관련된 자들로만 감방 안을 하나씩 채웠다.

그리고 한 명씩 사형대로 보냈다. 처음에는 감옥 밖으로 빠져나오는 이들을 바라보며 부러움이 섞인 눈빛을 보냈지만, 이내 석방이 아닌 사형 집행으로 이루어진다는 걸 알고 울부짖기 시작했다. 단지 그녀와 관련되었다는 이유로 잡혀 들어온 현실에 사람들은 공주에게 비난을 퍼부었지만 그것도 잠시였다. 그녀에게 온갖 욕설을 퍼부어도 변하는 건 하나도 없었기 때문이다.

"하지만 너무 오랫동안 혼자 둔 게 마음에 걸려서 말이지……. 그래서 조만간 널 밝은 곳으로 데려가 줄 예정이다. 그 어떤 고통도 없고 슬픔도 없는 곳으로."

팰컨은 미소를 가득 머금은 얼굴을 쇠창살 가까이 가져갔다. 그리고 등에 메고 있는 보라색 망토를 집어 들고 손끝으로 흔들었다.

"아, 안타깝게도 넌 앞을 보지 못하는구나."

나라에서 오직 한 명만이 허락받은 보라색을 팰컨은 자랑

스럽게 들이댔다. 아직 정식으로 왕위에 오르지도 않았음에
도 그가 걸치고 있는 옷은 화려하기 이를 데 없었다.

"마지막으로 이 오빠에게 하고 싶은 말은 없느냐?"

그는 은근히 여동생의 독설을 한 번쯤 듣고 싶은 마음이 있
었다. 매번 자신 앞에 미안해하며 눈치만 봤던 모습이 아니라
분노로 가득한 표정으로 자신을 질책하는, 그럼에도 죄인이
라는 신분에 변화가 없음을 깨닫고 절망하는 광경을 보고팠
다.

하지만 트레이지아는 여전히 팰컨을 안쓰러워하는 표정으
로 응시할 뿐이었다. 비록 두 눈을 검은색 띠로 가리고 있었
지만, 자신을 동정한다는 느낌을 알아챈 팰컨의 얼굴이 순식
간에 일그러졌다.

"지금 네가 날 가엾게 여길 처지라고 보느냐?"

오히려 화가 나는 쪽은 팰컨이었다.

"자! 말해봐라! 이 오빠가 증오스럽다고! 모든 걸 빼앗은
내가 미치도록 죽이고 싶다고 말하거라!"

팰컨은 쇠창살을 강하게 움켜쥐었다.

그가 원한 것은 이제까지 자신이 해온 행동의 정당성을 부
여해 줄 여동생의 증오였다. 하지만 트레이지아는 고개를 가
로저을 뿐이었다.

"전 그저… 저로 인해 죄 없이 죽어간 자들에게 미안할 뿐

입니다."

"죄가 없어? 너와 함께한 것만으로도 그들은 죽어 마땅했다. 너는 그저 앞을 볼 줄 몰랐던 게 아니었군. 사람 보는 눈마저 멀어 있었어."

"지금 중요한 것은 페르디어스 왕국 내부의 문제보단 외부입니다. 길레터 왕국의 레이지라는 소년이 이끌고 온 비공정을 무시해서는 안 됩니다!"

"비공정?"

팰컨은 코웃음을 치며 조소를 머금었다.

"하늘을 나는 특권은 오직 페르디어스 왕국의 고귀한 와이번 라이더들만이 누려왔다. 보나마나 헛소문일 게 분명하지."

"하오나 오라버니!"

"마법으로 사람들의 눈을 속인 것이 분명하다. 설사 하늘을 나는 배가 있다 하여도 우리의 용맹한 와이번 라이더들이 있는데 뭘 두려워하겠느냐?"

팰컨은 만약의 사태를 대비해 칼루아 왕국에 설치한 기지에 머무르고 있던 와이번 라이더들까지 모두 페르디어스 왕국으로 소환시켰다. 도합 300여 기에 달하는 와이번 라이더들이 페르디어스 왕국 곳곳에 분산 배치하여 물샐틈없는 경계망을 형성 중이었다.

그로 인해 길레터 왕국의 점령에는 실패했지만 팰컨은 전혀 개의치 않았다. 어차피 자신이 왕이 된 이후 재침공하면 해결될 문제라고 여겼다.

50여 기의 와이번 라이더가 탈영했다는 보고를 받았을 때에도 그는 별거 아니라며 넘겨 버렸다. 누락된 인원 정도야 개조된 마법진을 통해 와이번을 추가로 소환하면 문제없이 넘어갈 터이니.

"그동안 내가 미처 신경을 쓰지 못해 조잡한 식사가 나왔다고 들었다. 앞으로 3일 동안, 궁중요리사가 직접 조리한 음식을 하루 세 끼 제공할 테니 그 맛을 음미하도록 해라."

그 이야기는 즉, 그녀의 남은 삶은 사흘에 불과하다는 선고나 다름없었다. 이미 일주일 전에 그녀의 사형이 공개적으로 시행될 거라고 포고한 터였다.

"그러면… 그날을 기다리겠다."

그 말을 끝으로 팰컨은 자리를 떴다.

트레이지아는 발소리가 멀어지는 방향으로 고개를 돌렸다. 다가오는 죽음에 대한 공포보다는, 너무나 변해 버린 오빠의 모습에 그저 고개를 숙일 뿐이었다.

Chapter 66

그저 눈앞의 이익만을 보는 자

1

팰컨 왕자가 본격적으로 야심을 드러낸 이후 페르디어스 왕국 내의 상황은 악화일로를 걷고 있었다.

완벽한 정통성을 지니고 있는 트레이지아 공주가 적과의 내통 및 내란 음모 혐의로 체포된 뒤 그녀를 지지하던 자들이 모조리 체포되었다. 정치적으로는 예전부터 우세를 점하고 있던 팰컨 왕자는 공주파에 속했던 자들을 하나씩 공개처형 했고, 왕국 내 분위기는 흉흉하게 변한 지 오래였다.

베릭쿠스에 참여했다는 사실이 알려진 이후 인근 지역에 서 수입하던 식량이 원천 차단되자 팰컨 왕자는 직접 와이번 라이더들을 이끌고 해당 지역을 점령, 약탈을 일삼았다. 더이상 우리를 얕볼 수 없게 만들겠다며 넓은 곡창지대를 불태우기까지 했다.

왕국 내 물가는 하루가 다르게 껑충 뛰어올랐고 많은 사람들이 굶주리기 시작했다. 하지만 매일 고위 관료들이 사형대에 오르는 분위기에 시민들은 불평을 표하기는커녕 자신들마저 휘말릴까 봐 거리에 나오는 것마저 꺼려했다.

팰컨 왕자는 정당한 왕위 계승 절차가 끝날 때까지 견뎌달라는 공식 발표 후 차근차근 권력을 손아귀에 움켜쥐기 시작했다. 그리고 바로 오늘, 친동생인 트레이지아를 사형대에 올리는 것으로 마무리될 예정이다.

2

베르시아 신성력 1394년 6월 6일.

은폐 모드에 들어선 비공정 콜드란세호는 페르디어스 왕국 상공을 유유히 비행 중이었다. 감시망에는 와이번 라이더로 파악되는 검은 점들이 곳곳에 깔려 있었기에 메이드들 사이의 긴장감이 팽팽하게 이어졌다. 하지만 그 점 어느 하나도 비공정에 다가오는 움직임을 보이진 않았다.

다른 일행들이 함장실에 집결해 대기 중인 가운데, 레이지는 갑판 위에서 와이번 라이더 부대원들에게 지시를 내리고 있었다.

"이번 임무는 전에도 말했지만 '구출' 이 목적입니다."

이미 몇 번이나 반복된 말이었지만 다시 한 번 강조할 필요성이 있었다. 만에 하나 공주가 죽어버린다면 모든 노력이 물거품으로 돌아가기 때문이다.

"하지만 단순한 구출에 그치면 곤란합니다. 여기서 우리들이 노릴 부분은 왕자가 다시는 터무니없는 야욕을 부릴 수 없게 혼쭐내야 한다는 점이죠."

원래 이들에게 지시를 내려야 할 레니는 어젯밤 홀로 서쪽을 향해 와이번을 타고 날아갔다. 물론 실패해서 돌아오지 않을 가능성을 고려했지만 가능한 한 성공하기만을 바랄 뿐이었다.

"그러면 모두 갑판 위에서 대기해 주시길 바랍니다. 혹시라도 은폐가 풀리기 전에 한 명이라도 이탈하면 모든 게 헛수고로 돌아갈 수 있다는 점, 유의 바랍니다."

레이지의 말이 끝나자 와이번 위에 탑승하고 있던 라이너들은 일제히 들고 있던 랜스를 위로 들어 올리며 그들 특유의 경례를 했다. 자신에게 이러지 말라고 한마디 하려던 레이지였지만 몇 번을 말해도 고쳐지지 않는 습관에 그냥 포기하고 말았다.

함장실로 돌아온 레이지는 만반의 준비를 마친 동료들의 얼굴을 하나씩 찬찬히 둘러보았다.

"이런 식으로 타국 수도에 떡하니 모습을 드러내는 건 처음이라 많이 긴장됩니다. 하… 하하!"

오를레앙 특유의 호탕한 웃음소리에 미세한 떨림이 있음을 레이지는 놓치지 않았다. 만약 실패한다면 적지 한가운데에서 포로가 될지도 모르는 입장이니 충분히 이해되었다.

그 외 다른 이들도 경직되기는 마찬가지였다. 물론 대륙 전쟁 당시부터 그와 함께했던 프레드릭은 평소와 다를 바 하나 없었다.

커다란 전광판에 페르디어스 왕국의 수도 베르오나 성이 윤곽을 드러내기 시작했다. 그와 동시에 팰컨 왕자의 와이번 라이더들이 대열을 이루어 성 위를 활공 중인 모습도 잡혔다. 하지만 레이지의 예상보다 수가 훨씬 적었다. 그리고 얼마 지나지 않아 그 이유가 밝혀졌다.

"경계망만 믿고 아예 띄우지도 않았군."

100여 마리에 달하는 와이번이 일렬로 지상에 앉아 있었다. 아마도 공개 사형식에 몰려든 시민들에게 위압감을 주기 위한 용도로 파악되었다.

"이, 이거 이렇게 쓰는 건가?"

순간 전광판 화면 왼쪽 구석에 펠튼의 얼굴이 떠오르면서 음성이 흘러나오자 팽팽했던 함장실 안의 긴장이 일순간 휙 날아가 버렸다.

"허허, 이거 신기하군그래! 지금 자네들 모습이 이 작은 수정판을 통해 보여! 역시 고대 문명의 기술은 대단해!"

오러 캐넌의 조작을 담당 중인 펠튼은 연신 감탄사를 내뱉으며 흥분을 감추지 못했다. 그러자 함장실 안의 모든 이들의 입에서 가벼운 웃음이 터져 나왔다.

"펠튼님, 오러 캐넌의 충전은 완료되었습니까?"

"아, 아직은 부족하다네! 이런 말 하긴 부끄럽지만 내 마나로는 30분 정도 시간이 더 필요하네!"

"그 정도라면 예상 범위 내에 들어가는 시간입니다. 지금 보고 계시는 그 소형 전광판이 붉은색으로 빛나면 오러 캐넌을 구동시켜 주십시오."

"알겠네!"

그 말을 끝으로 펠튼의 얼굴이 전광판에서 사라졌다.

"전광판의 시점을 베르오나 성 정문 쪽으로 돌리도록."

"알겠습니다! 시점 변환까지 남은 시간은… 15초 정도 예상됩니다!"

엘레노어의 지시에 메이드들은 분주하게 움직이기 시작했다. 그러자 해자로 둘러싸인 베르오나 성 정문 근처에 모여든 무수한 인파가 전광판을 가득 메웠다.

"대략적인 인원수는? 와이번 라이더나 병사는 제외하고 산출하도록."

"총 8,347명으로 추산됩니다. 오차율은 3% 안팎입니다!"

"아주 성대하게 판을 벌리셨군."

대대적인 홍보의 여파로 성안은 물론 밖에 살던 시민들 대부분이 사형대 주위에 몰려들었다. 하지만 그들의 가장 큰 목적은 정기적으로 나누어주는 무료 급식으로 허기를 채우기 위해서였다. 시민들 사이에 배치된 병사들은 커다란 바구니를 들고 다니며 빵을 거의 뿌리다시피 배부했다. 한 조각의 빵이라도 더 차지하기 위해 배고픈 시민들은 서로 밀치며 다투기에 바빴고, 아예 어떤 병사는 바구니를 통째로 시민들 머리 위에 내던졌다.

그러나 이런 식으로 배고픔을 채울지언정 팰컨의 폭정에 대한 시민들의 분노는 가라앉지 않았다. 시민들의 왼손에는 가까스로 차지한 빵이, 오른손에는 당장 팰컨이 모습을 드러내면 내던질 기세로 움켜쥔 돌덩이가 자리 잡고 있었다. 하지만 총 150여 기에 달하는 와이번 라이더를 보고 앞장서서 돌팔매질을 할 사람은 그 어디에도 없었다.

레이지는 애써 증오를 억누르며 인상을 찌푸리고 있는 시민들의 얼굴에서 희망을 발견했다. 공주를 무사히 구출하는

데 성공하고, 덧붙여서 왕자를 몰아내기까지 한다면 자연스레 페르디어스 왕국을 발렌시아 왕국처럼 자신의 지원 세력으로 만들 수 있다.

'하지만 너무 큰 기대를 하면 실망도 큰 법이야. 우선은 공주 구출 그 자체에 주력하도록 하자.'

이제 남은 건 이 무대의 훌륭한 '조연' 이 되어줄 누군가를 기다리는 일뿐이었다.

3

빠빠라밤~

나팔 소리와 함께 베르오나 성 가장 최상에 있는 탑에서 한 기의 와이번이 느린 속도로 날개를 펄럭이며 날아왔다. 와이번에 탑승한 팰컨 왕자는 등 뒤에 휘날리는 보라색 망토를 바라보며 흐뭇한 표정을 지었다.

그가 도착한 장소는 정문 앞에 임시로 설치한 왕좌였다. 자신에게 있어서 숙적에 불과한 여동생의 처형과 동시에 정식으로 자신이 왕위에 오름을 선포하겠다는 계획을 마무리 짓기 위해서였다.

왕좌 아래로 길게 깔린 붉은색 카펫 양옆으로 경비병들이 두 줄로 서 있었다. 이제 그들이 완전히 자신을 지키기 위한 병사가 될 거라는 기대감에 웃음이 떠나지 않았다.

그는 시선을 오른쪽으로 돌렸다. 이미 수많은 관료들의 피로 물든 사형대에 한 여성이 포박되어 계단 위를 걸어 올라갔다.

'드디어 내가 페르디어스 왕국의 왕이…….'

다른 국가에서 태어났으면 유일한 왕자라는 이유만으로도 완벽한 정통성이 보장되었음이 분명하다. 하지만 페르디어스 왕국 특유의 문화 때문에 '남자'라는 사실은 정통성에서 멀어지기만 했다. 한때 그 사실을 안타까워하면서도 어쩔 수 없이 받아들이던 적도 있었다.

그러나 그는 몇 년 전, 왕국을 비밀리에 방문한 교황 안드레아로 인해 많은 것을 깨달았다. 교황은 당신이야말로 왕의 자질을 지녔음에도 왜 여자가 아니라는 이유만으로 권력에서 멀어져야 하냐며 한탄했다. 이제까지 다른 국가나 세력의 수장과 교류한 적이 없었던 팰컨에게 그의 말은 의미심장하게 다가왔다.

교황은 우선 페르디어스 왕국의 상징이나 다름없는 와이번 라이더의 수를 늘려야 한다고 설득했다. 그리고 비밀리에 베르오나 성 지하에 설치된 소환용 마법진을 교황이 직접 개조해 주기까지 했다. 대륙 전쟁 당시 200여 기였던 와이번 라이더의 수는 어느새 두 배에 가까운 병력으로 증강되었다.

'이제 날 방해할 자는 아무도 없어.'

그는 비공정의 존재 자체를 아예 없는 셈치고 무시했지만, 혹시 모른다는 걱정에 전 영토에 와이번 라이더들을 분산 배치시켜 철통같은 경계망을 구축했다. 진짜 하늘을 나는 배가 온다 하여도 그들의 시야를 벗어나 오는 일은 불가능하다 여겼다.

사형대 위에 공주가 올라서자, 커다란 가죽 주머니를 뒤집어쓴 집행인이 날이 선 도끼를 양손에 쥐고 집행 명령만이 떨어지기만을 기다리는 중이었다.

관리 한 명이 사형대 앞에 서서 문서를 들고 적힌 내용을 커다란 목소리로 읊기 시작했다. 그동안 트레이지아 공주가 저지른 적과의 내통 혐의, 반란 음모 등등의 조작된 범죄 기록이 시민들의 귀에 들어왔다. 하지만 일부만이 그에 반응하여 공주를 욕할 뿐, 대다수는 납득할 수 없다는 반응만 보였다.

이는 비록 남들 앞에 자신을 내세우길 자제하며 묵묵히 와이번 라이더의 지휘관으로 일해온 트레이지아 공주에 대한 시민들의 지지기반이 의외로 튼튼했기 때문이다. 특히 지난 하르고니아 성에 있었던 팰컨 왕자의 굴욕적인 사건이 퍼져나간 뒤여서 그런지 더 이상 여론이 악화되기 전에 왕자가 무리수를 던졌다고 다들 생각했다.

'날 고깝게 보는 시선들이 정말 맘에 안 들어. 하지만 그래서 어쩔 텐데? 내 부하들과 맞설 생각인가? 그럴 용기도 없으면서 그저 빵 쪼가리 몇 개 주워 먹으려고 몰려온 꼬락서니하고는…… 백성들이란.'

어릴 적부터 여러 부분에서 여동생에게 비교당했던 팰컨은 타인의 멸시를 오히려 자연스레 받아들였다. 어차피 지금 와서 무슨 짓을 하든 간에 시민들의 마음을 자신으로 이끌기 불가능하다고 깨달았기에 강압적인 방법을 조금의 망설임도 없이 택했다.

관리의 보고가 끝나자 포박된 트레이지아 공주는 두 무릎을 꿇고 고개를 숙였다. 집행인은 도끼날을 매만지면서 팰컨 왕자의 신호만을 기다렸다.

사형대 주위에 몰려든 사람들의 시선이 팰컨 왕자 한 명에게 집중되었다. 그는 흐뭇한 미소를 머금고는 오른팔을 천천히 들어 올렸다. 그리고 그 팔을 내리기만 하면 오갈 데 없는 페르디어스 왕가의 정통성은 팰컨의 품 안으로 들어오게 된다.

바로 그때, 일부 시민들이 하늘을 가리키며 웅성거리기 시작했다. 이내 많은 사람들이 놀란 눈으로 팰컨 왕자가 아닌 하늘에 시선을 고정시켰고, 분위기가 심상치 않게 돌아가는 걸 막기 위해 무기를 움켜쥔 병사들마저도 고개를 위로 들어

올리더니 할 말을 잊어버렸다.

"무슨 볼거리라도 있……"

팰컨은 자리에서 벌떡 일어서더니 굳어버린 듯 움직이지 못했다. 몇 번이고 눈을 비비며 다시 떴지만 하늘 높이 떠 있는 웅장한 자태의 배가 시야에서 사라지지 않았다.

"저, 저것이 설마 비공정? 진짜로… 있었단 말이야?"

팰컨은 멍하니 서서 망연자실한 표정으로 비공정을 응시하기만 했다. 뭔가 지시를 내려야 한다고 머릿속으로 생각했지만 몸이 움직이지 않았다. 하늘 위에 떠다니고 있던 와이번 라이더들은 갑자기 모습을 드러낸 비공정에 압도되어 공격해야 할지 말아야 할지 갈피조차 못 잡았다.

그렇게 모두가 혼돈에 빠진 사이, 비공정 선수 아래 부분에 강력한 오러가 모이기 시작했다. 오러 캐넌의 발사구는 대각선 아래 방향으로 천천히 움직였고, 지상에서 대기 중이던 100여 기의 와이번을 향해 조준했다.

콰콰쾅!

순간 직선 형태로 발사된 오러가 지면에 닿으면서 거대한 폭발음이 울려 퍼졌다. 시먼이 흔들리면서 8,000여 명의 시민들은 서로 뒤엉키며 쓰러졌고, 베르오나 성 앞은 아수라장이 되어버렸다.

4

"오러 캐넌 발사, 완료되었습니다!"

"목표된 지점으로부터 1m 가량 좌측으로 벗어났지만, 오차 범위 내입니다!"

"다음 발사까지 걸리는 시간은 정확히 9시간 15분가량입니다! 오차율은 8% 안팎입니다!"

오러 캐넌으로 선공을 시작한 함장실 안은 시끌벅적했다. 메이드들의 보고가 연달아 이어지는 가운데, 함장인 엘레노어는 그동안 유지했던 은폐 마법의 후유증 때문에 비 오듯 땀을 흘리고 있었다.

"그러면… 뒷일은 너에게 맡기겠어."

"알았어!"

레이지는 엘레노어에게 윙크를 보낸 뒤 동료들과 함께 갑판으로 달려나갔다. 오러 캐넌이 발사되는 순간에 맞춰 일제히 날아오른 와이번 라이더들의 뒷모습이 멀어져만 갔다.

"그러면 마리에타, 부탁합니다."

"휴우, 긴장되네요."

마리에타가 주문을 외우기 시작하자 거대한 마법진이 레이지와 동료들을 휘감았다. 그리고 보라색 빛과 함께 갑판 위에서 모습을 감추었다.

순식간에 사형대 위로 순간 이동한 레이지는 포박된 상태로 무릎을 꿇고 있는 트레이지아를 잡아서 일으켰다. 오러 캐넌이 발사된 후인지라 사형대 주변에 있던 시민들은 모조리 물러난 후였다.

"도대체 무슨 일이… 일어나고 있는 것이죠?"

그녀는 비록 앞이 보이지 않지만 거대한 기운을 지닌 무언가가 상공에 떠 있음을 알아챘다. 하지만 시민들의 비명 소리와 고함 소리만으로는 상황을 파악하기 무리였다.

"트레이지아 공주, 걱정하지 않아도 됩니다. 시민들에게 공격하지는 않았으니까요."

"공격? 방금 전 제 머리 위에서 지나간……."

비공정 콜드란세호에서 발사된, 20미터에 달하는 지름의 오러는 대기 중이던 와이번들을 일순간에 소멸시켰다. 자신들이 탈 와이번들이 어이없이 사라지자 라이더들은 어찌할 방도를 찾지 못하고 도망치기만 했다.

베르오나 성 위에서 감시 중이던 와이번 라이더들은 레니의 부하들이 상대 중이었다. 수가 거의 엇비슷했고, 서로 공중이라는 이점을 지닌 상태에서의 전투라 밀고 밀리는 각축전이 진행되었다.

"당신은… 그때 오라버니를 사로잡았던……."

"호오, 보지 않아도 알 수 있습니까?"

레이지는 목소리만으로 자신을 알아보는 트레이지아에게 감탄하며 포박을 풀어주었다. 그러자 계속 멍하니 지켜보고만 있던 팰컨이 고래고래 고함을 지르며 레이지를 가리켰다.

"뭣들 하느냐! 저놈들을 당장 죽여라!"

그제야 병사들이 우르르 몰려들더니 사형대 주변을 겹겹이 포위했다. 레이지는 그들에게 눈길 한 번 주지 않았다. 지금 그의 옆에는 무수한 전쟁터를 헤쳐 나온 검제가 있었으니까.

"프레드릭, 부탁해."

"하아앗!"

기합 소리와 함께 강력한 오러가 사형대 주변으로 확 퍼져 나갔다. 병사들이 형성했던 포위망은 일순간에 와해되었고, 곳곳에 쓰러진 병사들의 입에서 신음 소리가 울려 퍼졌다.

마리에타는 거대한 반구형의 마나 장벽을 형성해 사형대를 안전하게 보호했다. 레니의 부하들을 상대하던 팰컨의 와이번 라이더들이 스피어를 계속 투척했지만, 마나의 장벽에 막혀 튕겨 나가기 일쑤였다.

"레니님의 부탁으로 당신을 구하러 왔습니다."

"레니가? 살아 있었나요?"

감옥 안에 갇혀 주변 인물들이 죽어나가는 고통 속에 살아가야 했던 트레이지아의 눈에 눈물이 고였다.

"다행이야… 정말로."

"우선은 자리를 옮겨야 합니다. 쉐스, 교대하라고."

마나의 장벽을 쉐스가 대신 구현하자 마리에타는 비공정 갑판 위로 공간이동마법을 준비했다. 하지만 공간이동마법을 연달아 사용하기에는 좀 더 시간이 필요했다.

레이지는 프로스트 엣지를 뽑아 들고선 좌우로 크게 한 번씩 휘둘렀다. 그러자 수십여 개의 얼음기둥이 지면을 뚫고 위로 솟아올랐다. 그 누구의 접근도 허용하지 않겠다는 의지의 표현이었다.

반면 팰컨 왕자는 전혀 예상치 못한 레이지의 난입에 당황하며 고래고래 소리만 지르고 있었다.

"조금만 더 있으면… 내가 왕이 되는 건데! 하필이면 왜 지금 저놈들이!"

그는 병사들의 호위를 받으며 성안으로 뛰어가는 중이었다. 다행히 레이지가 공주 구출에 전념했기에 도망칠 수 있었지만, 왕이 될 거라는 기대가 컸던 만큼 실망과 좌절 역시 컸다.

"와이번 라이더들은 도대체 뭘 하고 있었던 거냐! 저들이 여기까지 올 동안……!"

애꿎은 부하들을 원망하던 그의 입이 굳게 다물어졌다.

그는 비공정에서 뿜어져 나온 거대한 빛에 한동안 정신을 잃었다. 가까스로 의식을 찾았을 때 본 것은, 100여 기의 와이번이 있던 자리에 난 커다란 구멍이었다.

　소유했던 와이번의 1/3이 단 한 번의 공격으로 흔적도 없이 사라졌다. 게다가 탈영한 와이번 라이더들이 레이지와 합세해 쳐들어왔다. 지금 당장 영토 곳곳에 활공 중인 나머지 병력을 끌어모은다 하여도 성이 점령되기 전까지 도착할 가능성은 거의 없다.

　"비공정… 저런 무서운 병기가 실제로 존재했다니!"

　믿기 힘들지만 두 눈으로 본 이상 인정할 수밖에 없었다.

　팰컨의 머릿속에 떠오르는 미래는 절망만이 가득했다. 분명히 저 거대한 비공정 안에서 쏟아져 나올 병력들이 성을 포위할 게 뻔했고, 정체를 알 수 없는 공격이 계속 퍼부어진다면 마법과 오러에 쉽게 부서지지 않는 베르오나 성이라 하여도 안심할 수 없다. 결국 그는 성 안쪽에 있는 전용 와이번을 타고 도망가기로 결정했다.

　"……아니야."

　팰컨은 이내 생각을 고쳐먹고 성 중앙에 설치된 정원이 아닌 지하실로 통하는 비밀 계단 쪽으로 방향을 바꾸었다.

　"난 이대로 물러설 수 없어! 어떻게든 왕이 되어야 해!"

5

"고, 공주님?"

"무사하셨습니까!"

부상을 입고 갑판 위에서 치료를 받던 와이번 라이더들은 트레이지아 공주를 보고 다급히 경례를 취했다.

"저 때문에……. 죄송할 따름이에요."

"아닙니다! 오히려 공주님이 고초를 치르는 동안 아무것도 하지 못한 불충을 용서해 주십시오!"

총 세 명의 부상자는 고통에도 아랑곳하지 않고 트레이지아 공주가 살아 돌아온 것 자체만으로도 기뻐했다.

레이지는 그런 공주와 부상자들을 일단 놔두고 앞으로 어떤 방향으로 일을 전개해야 할지 고민했다.

'일단 구출 작전 자체는 그럭저럭 성공했고, 팰컨의 부하들과 레니가 데리고 온 와이번 라이더들 간의 전투도 끝나갈 기미가 보이니……'

사실 와이번 라이더들끼리의 전투는 생각보다 치열하게 전개되지 않았다. 이는 공격하는 쪽이나 막는 쪽이나 피차 팰컨 왕자에게 반감을 지녔기 때문이다. 그래서인지 그들 사이의 전투는 가급적 상대를 죽이지 않으며 시간만 끄는 기묘한 방향으로 전개되었다.

'공주를 내세워서 저들까지 포섭할 수 있다면 더할 나위

없이 좋겠지. 팰컨 왕자를 사로잡지 못한 건 꽤 아쉽지만 어쩔 수 없었고.'

오러 캐넌으로 팰컨을 직접 노리는 방법도 있었지만, 멀리 떨어지지 않은 곳에 사형대가 있어서 애초부터 무리였다. 그리고 가급적 페르디어스 측의 인명 피해를 최소화해야 공주를 위시로 한 설득 과정이 훨씬 용이해진다.

"그러면 어디 보자, 성안 분위기는 어떻게 돌아가고 있으려나?"

허겁지겁 도망치던 팰컨의 뒷모습에서 이런 경우에 대비한 뭔가를 준비했을 가능성은 엿보이지 않았다. 레이지는 망원경을 꺼내 베르오나 성 이곳저곳을 둘러보며 내부 병력의 움직임을 하나하나 파악했다.

"흐음?"

순간 성벽이 아래위로 흔들리면서 병사들이 땅바닥에 주저앉기 시작했다.

성벽뿐만이 아니었다. 높이 솟아오른 탑 꼭대기에 균열이 생기더니 서서히 무너지는 중이었다. 정확히 말하면 성 전체가 크게 요동치며 망원경의 좁은 시야 안에 무수한 잔상을 남겼다.

"도대체 무슨 일이 일어나고 있는 거지?"

"헉헉……."

가까스로 성 지하에 도착한 팰컨은 거친 숨소리를 내뱉으며 벽에 등을 기댔다.

페르디어스 왕족 중에서도 극히 일부만이 알고 있는 이곳에는 거대한 마법진이 그려져 있었다. 이계의 존재인 와이번을 소환하는 장소로서, 오랜 기간 동안 왕족이 아닌 다른 인간이 이곳을 방문한 적은 교황 안드레아의 경우가 유일했다.

"이 방법만큼은 쓰지 않으려고 했는데……. 제길."

그는 이전에 교황 안드레아로부터 받은 반지를 품에서 꺼내 마법진 정가운데에 올려놓았다. 반지의 표면에는 룬 문자가 아주 작은 글씨로 새겨져 있었고, 그것 자체만으로도 하나의 마법이 구현 가능했다.

안드레아는 더 많은 와이번들을 소환할 수 있게 마법진을 손수 개조해 주면서 반지 하나를 팰컨에게 넌지시 건넸다. 만약에 왕국에 위기가 찾아온다면, 이것으로 강력한 '수호자'를 소환할 수 있다고 말했다. 단, 진정으로 위급하다고 생각될 경우에만 쓰라고 신신당부했다.

"지금이 바로 그때야. 내 왕국을 다른 놈들에게 양보할 수 없다고!"

반지가 빛을 발하기 시작하자 그와 동시에 마법진으로부터 방대한 양의 마나가 모이기 시작했다.

"오오… 그래, 이 힘… 이거야!"

그는 본능적으로 이제까지 단 한 번도 경험해 본 적 없는 무언가가 소환될 거라 예감했다. 그것도 '와이번' 따위와는 비교할 수 없을 정도로 강력한 존재가.

"으하하핫! 수호자여! 이 나라와 위대한 왕인 나를 지키기 위해 모습을 드러내라!"

환희에 찬 웃음소리가 넓은 지하실 안에 울려 퍼졌다.

이제 비공정 따윈 아무래도 상관없었다. 곧 있으면 소환될 수호자가 모든 걸 해결해 줄 거라는 기대감에 벅찰 뿐이었다.

Chapter 67

더 이상 망설이지 않겠다

1

"……."

레이지는 망원경 너머로 보이는 광경을 믿을 수 없었다.

"베르오나 성이……."

무너지고 있었다.

대규모 지진에 휩싸인 것마냥 거대한 성이 서서히 지면 아래로 가라앉고 있었다. 지켜야 할 수도 사체가 무너지다 보니 레니의 부하들과 싸우던 왕국측 와이번 라이더들의 공격은 멈춰 버린 지 오래였다.

그리고 무너져 버린 성 한가운데에서 강렬한 마나의 기운이 감지되었다.

크워워워!

거대한 존재가 고개를 치켜들고 포효하자 레이지는 자신도 모르게 망원경을 떨어뜨리고 두 손으로 귀를 틀어막았다.

"으윽……."

레이지는 비틀거리며 몸의 균형을 간신히 바로잡았다. 그리고 다시 망원경을 집어 들고 동그란 시야 안을 가득 메운 '존재'의 정체를 보고 경악했다.

"레이지님! 도대체 무슨 일이 일어나고 있는 겁니까? 성이 무너지나 싶더니 그 안에서……."

"말로 설명하기보단 이게 빠르겠군요."

레이지는 짧게 주문을 외운 뒤 오른손을 크게 휘저었다. 그러자 갑판 위에 있던 이들의 시력이 일순간 크게 증폭되어서 멀리 있는 성에서 일어나는 광경을 선명하게 볼 수 있었다.

"세상에나……."

"저, 저건 뭡니까? 크라켄… 보다 훨씬 큽니다! 아니, 비교조차 불가능할 정도입니다! 지난번 해치운 씨 서펀트도 저 정도 크기는 아니었다고요!"

"설마 저건… 말로만 듣던……."

레이지 일행의 반응은 가지각색이었다. 오를레앙은 아예 털썩 주저앉아 입만 크게 벌릴 뿐이었다.

"드래곤."

레이지가 내뱉은 단 한 마디의 모두의 안색이 새파랗게 질렸다. 말한 레이지 본인도 일이 전혀 예상 밖의 방향으로 전개되었음에 입술을 강하게 깨물었다.

"살아 있는 생명체 중 가장 위대하며 강력한 존재라 일컬어지는 그 드래곤, 말인가요?"

"네, 어찌된 영문인지 모르겠지만……. 아니, 짐작 가는 바가 있습니다."

드래곤.

와이번과 씨 서펀트의 조상이기도 한 거대한 생명체는 고대 문헌에나 언급되는 웬만한 왕국의 수도를 뒤덮을 정도의 덩치를 지니고 있다. 무엇보다 인간이 사용할 수 있는 세 가지 능력, 즉 오러와 마법 그리고 신성력마저 자유자재로 구사한다. 그것도 각각 최소 5등급 이상의 능력으로.

마법사들은 그 드래곤의 웅장한 형상을 본따 마법으로 구현했다. 플레임 드래곤, 웨이브 서펀트, 그리고 윈드 와이번 등의 마법이 이에 해당한다.

"하지만 뭔가 이상해. 인간과 다를 바 없는 이성을 지녔다는 고대 문서의 기록과는 뭔가 달라."

현재 베르오나 성을 부수며 등장한 드래곤에게선 이성이라곤 조금이라도 찾아볼 수 없었다. 그저 본능에 따라 주변을 파괴하며 발광할 뿐이었다.

"레이지, 드래곤이라는 존재가 원래부터 무차별적으로 공격만 가하나요?"

레이지가 느낀 이질감을 옆에 있던 마리에타도 똑같이 느꼈다.

"그건 절대 아닙니다. 혹시 그것 때문이 아닐까요?"

"그것?"

"베르오나 성 지하에는 와이번을 소환하는 이계소환용 마법진이 존재합니다. 누군가가 그 마법진을 제멋대로 조작했겠죠. 지금처럼 와이번을 소환하는 정도라면 큰 문제는 없겠지만, 마법에 능통하지 않은 자가 함부로 건드릴 경우 제대로 된 소환 과정이 이루어질 리 만무합니다. 그 누군가는 보나마나 뻔합니다."

"설마 오라버니가……!"

대대로 왕족만 들어갈 수 있는 그 비밀 공간에 팰컨이 들어가 뭔가 수작을 부렸음을 트레이지아는 금방 알아챘다. 자신이 소유할 수 없는 왕국이라면 아예 없어지는 편이 낫다는 그 특유의 말버릇이 진짜 실현되어 버린 것이다.

쿵!

드래곤의 오른쪽 앞발이 한 걸음 앞으로 나서자 지면이 뒤흔들리면서 해자 안에 채워진 물이 크게 출렁거렸다. 만약 드래곤이 베르오나 성을 벗어나 이동한다면 그것 자체만으로도 페르디어스 왕국에 크나큰 위기가 닥침은 분명했다.

모두가 혼란에 빠진 사이, 제일 먼저 냉정함을 찾은 자는 레이지였다. 그는 망원경을 집어넣고 트레이지아를 바라보았다.

"어떻게 하시겠습니까?"

"……."

"저희는 어디까지나 공주, 당신을 구출할 목적으로 이곳에 왔습니다. 당신의 부관인 레니와 저를 따라온 와이번 라이더들에게 약속한 것도 거기까지였습니다."

레이지 입장에선 트레이지아 공주만을 데리고 드래곤이 페르디어스 왕국을 짓밟든 말든 상관하지 않고 도망가도 큰 하자가 없는 게 사실이다. 문제는 그 뒤 왕국을 버리고 도망간 왕족이라는 오명을 공주가 뒤집어쓸 뻔하고, 폭정을 일삼은 팰컨이나 별 다를 바 없는 취급을 받을 게 눈에 선했다.

"이대로 도망가 후일을 도모하겠습니까? 아니면 무모하다는 걸 알면서 드래곤을 상대하겠습니까?"

레이지가 제시한 두 가지 선택 그 어느 쪽이든 트레이지아 공주에게 있어서 험난할 뿐이었다. 계속 침묵만을 지키며 고개를 떨구고 있던 그녀는 뭔가 결심하더니 시선을 하늘로 향했다.

삐이이이······.

휘파람 소리가 갑판 위에서 울려 퍼졌다.

"저는 이제까지 스스로의 판단을 보류하고 그저 저 혼자만 희생되면 모든 일이 잘 될 거라는 착각에 빠졌습니다."

전사로서 탁월한 실력과 지휘관이 필수적으로 지녀야 하는 지휘 능력을 가진 그녀는 공주라는 신분이 부담스럽기만 했다. 그래서 조국을 위해 와이번 라이더로서만 살아갔고, 그러면 자연스레 왕국 내 권력의 행방은 오빠에게 향할 거라 믿었다.

하지만 오빠와의 유일한 연결점인 '왕족'의 자리만큼은 포기하지 않았기에 많은 이들이 피를 흘리며 잔혹한 결과로 이어졌다.

"전 더 이상 망설이지 않겠습니다. 수많은 백성들을 그냥 놔두고 자기 자신만 보신할 수 없습니다."

"역시 그 길을 택하셨군요."

레이지는 예상대로 드래곤과 맞서기를 택한 공주를 난감한 표정으로 응시했다. 어차피 저 드래곤을 그냥 놔둘 수도 없고, 한번 폭주하기 시작한 이계소환마법진을 이대로 방치한다면 또 다른 몬스터들이 마구 소환될 가능성도 분명히 존재하기에 지금 당장 처리하는 편이 낫긴 했다.

"그러면 와이번 라이더들은 당신에게 맡기겠습니다. 저희들은 지상에서 지원하도록 하지요. 그리고 성안으로 들어가 마법진을 봉쇄할 역할은……"

"그건 내 몫이야, 레이지."

마법진을 중단시키기 위해선 비공정 내에서 유일한 아크메이지인 엘레노어의 엄청난 마나와 마법적 지식을 필요로 한다. 레이지는 대답 대신 고개를 끄덕거리며 그녀의 제안을 받아들였다.

"쉐스! 넌 나와 함께 간다."

"알겠습니다."

"분명히 지금도 다른 무언가를 소환 중일 테니 넌 그걸 막는 데 주력하도록. 그리고 비공정은… 오를레앙! 네가 지휘하도록 해!"

"저, 저 말입니까? 전 그저 부함장에 불과합니다만!"

"네 메이드들이 알아서 할 테니 넌 그 애들이 혼란에 빠지지 않도록 잘 붙잡아둬! 넌 여자 다루는 데에는 도가 텄잖아?"

엘레노어는 말을 마치자마자 즉시 공간이동마법을 시전했고, 이내 쉐스와 함께 모습을 감추었다.

"왔구나……"

트레이지아는 저 멀리서 빠른 속도로 날아오고 있는 검은색 와이번의 기운을 느끼고 엷은 미소를 지었다. 그녀가 사로

잡힌 이후 베르오나 성 최상층에 억류되었던 전용 와이번이 공주의 부름을 듣고 비공정으로 날아온 것이다.

트레이지아는 부하들의 도움을 받아 무장한 뒤 검은색 와이번에 올라탔다.

"그러면 먼저 가보도록 하겠습니다."

그녀는 고삐를 강하게 움켜쥐고 강하게 내려쳤다. 그러자 검은색 와이번이 크게 날갯짓을 하며 천천히 떠올랐다. 와이번의 목에 바짝 닿도록 트레이지아가 몸을 숙이자 공기를 가르는 파공음이 울려 퍼지면서 베르오나 성을 향해 날아갔다.

2

100여 기에 달하는 와이번 라이더는 완전히 박살 나 무너져 버린 베르오나 성과, 그 성을 뚫고 모습을 드러낸 드래곤을 그저 망연자실하게 바라보고만 있었다.

서로 스피어를 던지고 랜스로 격돌하며 맞서 싸우던 와중에 전혀 예상치 못한 일이 발생하자 그들 간의 전투는 중지된 지 오래였다. 무엇을 위해 싸워야 할지 갈피를 잡지 못했다.

무엇보다 팰컨 왕자가 탑승했다고 추측되는 와이번이 재빠른 속도로 베르오나 성을 빠져나가는 모습을 본 직후인지라 뭐라 형용하기 힘든 허망감마저 느꼈다. 그렇게 왕이 되겠다고 나서던 장본인이 그 누구보다 먼저 수도를 버렸으니까.

그렇게 공중에 떠서 드래곤을 내려다보기만 하던 와이번 라이더들의 입에서 누군가의 이름이 울려 퍼졌다.

"트레이지아 공주님?"

"검은색 와이번?"

빠른 속도로 날아온 검은색 와이번을 알아본 그들은 놀라지 않을 수 없었다. 사형대에서 무사히 구출된 그녀가 왕자와 반대로 도망치지 않고 돌아올 거라 예상하지 못했기 때문이다.

트레이지아는 잠시 숨을 고르면서 주변에 떠 있는 와이번 라이더들을 둘러보았다. 비록 눈은 보이지 않지만 어두운 시야 속에서 그들의 기운이 하나씩 선명하게 느껴졌다.

"페르디어스의 용맹한 전사들이여!"

그녀의 외침에 와이번 라이더들의 동작이 일순간 정지되었다.

"아래를 바라보거라. 드래곤이 나타나 베르오나 성을 유린하고 있다."

드래곤이란 단어에 모두의 표정이 경직되었다. 하지만 트레이지아의 목소리는 커져만 갔다.

"이곳을 떠나 도망가도 좋다! 드래곤을 상대로 싸운다는 게 뭘 의미하는지 나 역시 잘 알고 있기에, 무모함 대신 자신의 목숨을 소중히 여긴다고 비난하지는 않겠다. 하지만 하늘을 지배하는 용맹한 와이번 라이더의 명예만큼은 버려야 함을 잊어서는 안 된다!"

그동안 하늘의 지배자라는 명성에 걸맞지 않게 큰 활약을 하지 못하고, 폭정만 일삼았던 왕자에게 억지 충성을 바쳐야 했던 그들에게 명예라는 단어는 절대 양보할 수 없는 보루나 마찬가지였다.

"비록 부족한 이몸이지만… 함께하겠느냐?"

그러자 하나둘씩 들고 있던 무기를 아래로 내리고 경례하기 시작했다. 단 한 명도 도망가지 않고 공주와 함께 하겠다는 다짐이었다.

"우리들의 목표는 단 하나, 드래곤이다! 모두 돌격하라!"

3

공중에 떠 있기만 하던 와이번 라이더들이 트레이지아 공주를 따라 드래곤에게 날아들자, 이미 공간이동마법으로 정문에 도착한 레이지는 프로스트 엣지를 뽑아 들었다.

"프레드릭, 넌 드래곤의 시선을 후문 쪽으로 돌려줘. 시민들이 도망갈 시간을 벌어야 해."

"알겠다."

"그리고 마리에타, 당신은 최대한 마나의 장벽으로 자신을 보호하면서 고위 마법을 쓸 타이밍을 잡아야 합니다. 드래곤에게 그 이하의 마법은 내성으로 튕겨낼 겁니다."

"알았어요!"

말을 마치자 세 명의 남녀는 각자 다른 방향으로 갈라져 달리기 시작했다.

"하아아앗!"

프레드릭은 온몸을 오러로 감싸고서 드래곤의 오른쪽 앞발을 노리고 검을 찔러 넣었다. 순간 드래곤의 고개가 프레드릭을 바라보더니 입을 크게 벌리며 숨을 들이마셨다.

화르르륵!

뜨거운 화염이 지면을 타고 빠른 속도로 뻗어나갔다. 프레드릭이 방향을 전환해 오른쪽으로 돌아 들어가자 뿜어져 나온 브레스 역시 반원을 그리며 따라갔다.

"크윽……."

랭크 7의 오러로 몸을 감쌌음에도 프레드릭의 입에서 신음소리가 흘러나왔다. 그가 검을 양손으로 움켜쥐고 서 있는 자리를 제외하고는 검게 타버린 대지만이 자리 잡고 있었다.

드래곤은 오른쪽 앞발을 크게 들어 올리더니 프레드릭을 향해 내리찍었다.

쿵!

땅바닥에 움푹 꺼지면서 지면이 요동쳤다.

드래곤의 옆구리를 향해 달려들던 레이지의 시야가 아래 위로 심하게 흔들리면서 하마터면 주저앉을 뻔했다.

'역시 드래곤, 절대 만만치 않아.'

높이 들어 올린 머리까지 합하면 도합 100미터에 달하는 신장은 웬만한 담력을 지닌 자라 하여도 다가가는 것조차 망설여질 정도였다. 엘번 섬에서 상대했던 크라켄이 귀엽게 보이기까지 했다.

크워워워!

"으윽!"

드래곤의 입에서 울려 퍼지는 고함, 드래곤 피어(Dragon Fear)에 레이지의 코에서 피가 주르륵 흘러내렸다. 관자놀이에 미칠 듯한 고통이 엄습하자 쥐고 있던 프로스트 엣지를 떨어뜨릴 뻔했다.

"아직 공격 한 번 제대로 해보지 못했는데……."

레이지는 각각 서쪽과 동쪽에 자리 잡고 드래곤을 상대하는 마리에타와 프레드릭을 번갈아가며 응시했다.

마리에타는 아예 두 무릎을 땅바닥에 대고 고개를 아래로 떨구었다. 입과 코에서 흘러나온 피가 허벅지를 붉게 물들였다. 프레드릭은 오러로 몸을 보호하면서 간신히 버티고 있었다.

"이대로라면 아무 것도 하지 못하고……."

레이지마저 절망에 휩싸였던 그때, 드래곤의 등 위에 푸른 색 포스에 휩싸인 스피어가 내려꽂혔다.

크워워워!

처음으로 고통을 느낀 드래곤이 드래곤 피어를 중지하고 머리를 마구 휘저었다. 그리고 수십여 개의 스피어가 마치 폭우처럼 드래곤을 향해 투척되었다.

*　　　*　　　*

화르르륵!

"산개하라!"

트레이지아의 외침에 한 곳에 모여 있던 와이번 라이더들이 각기 다른 방향으로 재빠르게 흩어졌다. 그들을 노리고 발사된 브레스는 허망하게 허공을 뒤덮을 뿐이었다.

"지금은 시민들이 안전하게 대피할 시간을 벌어야 한다! 무모한 돌격은 절대 금한다! 밑에서 함께 싸우고 있는 이방인들처럼 시선을 끄는 데 주력해라!"

트레이지아는 지금 이 순간에도 도망치는 시민들을 높은 상공에서 내려다보고 있었다. 일제히 남쪽으로 이동 중인 시민들에게 피해가 가지 않기 위해 와이번 라이더들을 북쪽에 배치했다. 그리고 드래곤의 약점을 찾아 거대한 몸집을 여러 부위로 나누어 번갈아가며 공격하고 후퇴하기를 반복했다.

"제2부대, 일제 투척!"

슈슈슉!

공기를 가르는 소리와 함께 수십여 개의 스피어가 드래곤의 허리 정가운데를 노리고 투척되었다. 하지만 워낙 견고한 드래곤의 비늘을 뚫기에는 무리였다. 오직 트레이지아가 투척한 스피어만이 마치 침마냥 드래곤의 등 여기저기에 꽂혀 있을 뿐이었다.

"스피어를 다 소모한 대원은 비공정으로 돌아가 보충한 뒤 합류하도록! 랜스 돌격은 아직 이르다!"

트레이지아는 드래곤에게 공격을 가하기 전, 재빠르게 100여 기의 와이번 라이더를 4개의 부대로 나누어 한 부대는 투척, 두 개의 부대는 시선 유도, 나머지 한 부대는 급히 비공정에서 무기 보급을 받았다. 그러자 지상에 있는 레이지 일행과 달리 공중에 넓게 분포된 와이번 라이더들은 드래곤의 공격을 쉽게 피할 수 있었다.

"그 어떤 몬스터도 약점은 존재하게 마련이다! 성급한 공격보다는 약점을 찾는 데 주력하라!"

현재 일정한 간격을 두고 드래곤의 등에 꽂혀 있는 트레이지아의 스피어는 바로 이를 위함이었다. 꾸준히 드래곤의 모

든 부위를 공격하면서 약점이 드러나면, 레이지 일행의 공격
도 수월해질 거라는 판단을 밀어붙이기로 했다.

"제3부대, 나를 따르라!"

"하앗!"

트레이지아의 명령이 떨어지자마자 와이번 라이더들의 기
합 소리가 상공에서 울려 퍼졌다.

4

쿠웅!

수십여 미터 위로 올라갔던 드래곤의 꼬리가 지면을 내리
찍자 지면이 갈라지면서 굉음이 울려 퍼졌다.

"이번에는… 안 늦었죠?"

마리에타는 꼬리에 맞기 직전 블링크를 연달아 세 번 시전
해 간신히 피했다. 옆에 있는 레이지는 어느새 땀투성이가 되
어버린 그녀가 안쓰럽기만 했다.

'마리에타만이라도 도로 비공정으로 돌려보내기엔…… 늦
었어.'

마법진의 오작동을 막기 위해 엘레노어와 쉐스를 보낸 게
예상외로 큰 타격이었다. 아직 실전 경험이 다른 일행에 비해
부족한 마리에타에게 너무 큰 짐을 맡긴 셈이었다.

"레이지! 위를!"

"……!"

어느새 다시 높게 솟구친 꼬리 아래로 거대한 그림자가 레이지와 마리에타를 뒤덮었다. 그들은 각기 좌우 다른 방향으로 블링크를 시전했다. 그러나 지면이 마구 흔들리면서 둘은 몸의 균형을 잃어버렸다.

"하아앗!"

순간 프레드릭이 드래곤의 정면을 향해 돌진하면서 오러 어설트를 감행했다. 오러로 몸을 감싸 돌진하는 그의 기술에 드래곤이 주춤하며 한 걸음 뒤로 물러섰다.

그리고 드래곤의 꼬리를 노리고 소나기처럼 스피어들이 하늘에서 쏟아졌다. 드래곤은 머리를 높이 쳐들고 포효하며 브레스를 광범위하게 뿌리자 와이번 라이더들은 급히 산개했다.

"크윽!"

레이지는 타이밍에 맞춰 주변을 마나의 장벽으로 감쌌다. 다행히 미리 예상하고 드래곤 피어를 막아낸 덕분에 큰 타격을 입지는 않았다.

'좀 더 버텨야 해! 엘레노어가 돌아올 때까지만 어떻게든 드래곤의 시선을 끌 수만 있다면……'

어느새 드래곤과의 전투는 1시간을 훌쩍 뛰어넘었다.

현재 베르오나 성 지하에 잠입한 엘레노어는 이전에 헬레니아 3세로부터 건네받은 이계소환마법진의 문서를 참고해 더 이상의 소환을 막는 중이었다. 레이지의 계산으로는 앞으로 최소 2시간은 지나야 마법진을 봉쇄하는 게 가능해진다.

혹시라도 드래곤이 베르오나 성 지하실을 무너뜨릴 가능성을 고려해 그들은 드래곤을 성에서 좀 떨어진 평지 위로 이동시킨 상태였다. 그러나 시간이 흐를수록 기하급수적으로 쌓이는 피로에 몸과 마음 모두 버티기 힘들었다.

'엘레노어가 돌아오는 즉시 비공정으로 복귀해야겠어. 비공정에 무리가 가더라도 오러 캐넌으로 공격해 본 뒤에, 다시 작전을 짜야 해.'

앞선 구출 작전에서 미리 오러 캐넌을 사용한 게 이렇게 치명타로 다가올 줄은 예상하지 못했다. 하지만 이미 지난 일에 얽매일 여유는 없다. 우선 중요한 일은 드래곤의 시선을 끌며 최적의 전력이 갖춰지기만을 기다리는 것뿐이다.

생사의 기로를 몇 번이나 넘어서며 파악한 드래곤의 패턴은 크게 세 가지로 나뉘었다. 거대한 육체를 이용해 공격하거나, 브레스를 뿜어 광범위한 영역을 불태우거나, 드래곤 피어로 주변에 다가온 자들의 움직임을 멈추는 식이다.

워낙 거대한 몸집을 가지고 있기에 물리적인 공격이 있기 전 취하는 동작만으로도 어디로 공격할지 파악 가능하다. 드래곤 피어와 브레스는 드래곤의 입이 크게 벌어지거나 고개를 높이 들어 올리는 예비 동작이 있기에 예측하고 피하면 된다.

단지 공격 하나하나의 위력이 이제까지 상대한 그 어떤 적들보다 크고 광범위하기에 단 한 번의 실수만으로도 죽음에 이를 수 있다. 그러한 긴장감이 레이지 일행의 움직임에 큰 제약을 가했다.

"……!"

순간 드래곤이 이제까지 보였던 패턴에서 벗어나, 접었던 날개를 확 펼쳤다. 날갯짓을 한 번 할 때마다 거대한 돌덩어리와 뽑혀 나간 나무가 바람에 날려 휙휙 날아갔다. 레이지와 마리에타는 동시에 마나의 장벽으로 주변을 둘러싸 보호하는 데 급급했다.

"드래곤이…… 설마!"

드래곤이 지상이 아닌 하늘을 향해 높이 떠오르자 와이번 라이더들은 긴급히 위로 상승했다. 드래곤은 한 번 와이번 라이더들이 모인 위로 고개를 향하는가 싶더니 이내 방향을 바꾸었다.

크아아아!

드래곤 피어와 함께 브레스가 상공을 향해 발사되었다.

이제까지 방사형으로 넓게 퍼져 나가던 브레스가 아니었

다. 오러 캐넌이 발사했던 오러처럼 직선 형태로 발사된 브레스의 목표는 다름 아닌 비공정이었다.

"이런⋯⋯!"

5

쿠쿵!

감방 안의 물건이 일순간 허공에 뜨는가 싶더니 이내 아래로 내려앉았다. 갇혀 있던 페일은 다급히 쇠창살을 붙들었지만, 심하게 흔들리는 시야 때문에 속이 울렁거렸다.

"아이고오⋯⋯."

그는 비명을 지르며 두 눈을 질끈 감았다. 뭔지 모르지만 다시 죽었나 싶을 정도의 공포가 뇌리를 스쳐 지나갔다.

"으윽, 속이⋯⋯."

결국 그는 허리를 숙이더니 뱃속에 있었던 걸 모두 게워냈다. 그럼에도 구역질은 사라지지 않아 위액이 입 아래로 주르륵 흘러내렸다.

헛구역질을 몇 번이나 한 후에야 페일은 거친 숨을 몰아쉬며 간신히 몸을 일으켰다. 왠지 모르지만 방 자체가 왼쪽으로 상당히 기울어진 듯한 착각이 들었다.

"휴우, 그나마 십 년도 채 살지 못하고 죽을 뻔했잖아."

그는 가슴을 쓸어내리며 주변을 둘러보았다. 쇠창살 너머로 보이는 복도 이곳저곳에 눈에 확 띄는 균열이 자리 잡았다. 그리고 그가 붙들고 있던 쇠창살이 오른쪽으로 꺾여서 사람 한 명이 간신히 드나들 만한 공간이 생겼다.

그는 안간힘을 쓰며 쇠창살 아래 생긴 공간으로 빠져나왔다. 걸치고 있는 로브 여기저기에 토한 흔적을 손으로 툭툭 털어냈지만 냄새는 여전히 남아 있었다.

그는 오른손으로 코와 입을 틀어막고 조심스럽게 복도를 걸어갔다. 마치 지진이라도 일어난 듯한 참상 속에서 살아난 자신의 행운이 믿기지 않았다.

"뭔가 일이 심상치 않게 돌아가고 있어."

Chapter 68
드래곤 슬레이어

1

　원래 앉아 있던 함장석에서 한참 떨어진, 전광판 앞까지 날아갔던 오를레앙은 이마를 타고 흘러내리는 핏방울을 손등으로 닦아냈다.

　"우웩!"

　그는 울렁거림을 견디지 못하고 구토하기 시작했다. 예전 포로로 잡혀 와이번에 태워졌을 당시에 느꼈던 메스꺼움과는 상대도 안 될 정도였다.

　"모두… 괜찮나? 살아 있으면 손이라도 들어줘……. 우욱!"

비공정은 막대한 마나를 필요로 하는 만큼 웬만한 마법이나 오러에 꿈쩍도 하지 않는 견고함을 자랑한다. 비록 마나 코어의 충전 역할만 한 그였지만 비공정을 추락시킬 정도의 공격을 가했다면 드래곤 외 다른 무언가를 떠올리기 힘들었다.

그는 가만히 서서 전광판을 주시했다. 땅을 가르고 주변의 모든 걸 불태우는 위압감을 선사하는 드래곤의 움직임을 10여 분이 넘게 가만히 보고 있었다. 그리고 생각 외로 레이지 일행이 고전하고 있음을 손쉽게 파악했다.

"와이번 라이더들은 몰라도 저 녀석들은 오래 못 버틸 거 같은데. 그 뭐더라…… 오러 캐넌이란 무기를 탑재하지 않았나? 그거 써보지그래?"

오를레앙은 어떻게 오러 캐넌에 알고 있냐고 물어보고 싶었지만, 지금 와서는 아무런 의미가 없다는 걸 알고 고개를 가로저었다.

"안 되겠어. 널 상대하다 보니 답답하기만 해."

페일은 오른손으로 왼쪽 어깨를 주무르면서 팔을 빙빙 돌렸다. 그리고 제어석 정중앙으로 걸어갔다.

"어이, 아가씨들! 잠시 비켜봐."

그는 대답을 듣기도 전에 앉아 있던 메이드를 붙들더니 옆으로 휙 밀쳐 냈다. 그리고 대신 자리를 잡고 앉아서 제어판을 유심히 살피기 시작했다.

"흐음, 이걸 이렇게 누르면… 역시 그랬군."

그는 뭔가 깨달은 듯 오른쪽과 왼쪽 자리에 놓여 있던 제어판을 붙잡고 가운데로 끌어왔다. 그리고 열 손가락을 현란하게 놀리며 제어판에 표시된 룬 문자들을 두들기기 시작했다.

탁탁탁탁.

"세상에, 이럴 수가……."

"빨라!"

어느새 페일의 어깨 너머로 몰려든 메이드들은 몇 달간 엘레노어에게 지독하게 훈련받은 자신들보다 훨씬 능숙하게 제어판을 다루는 모습에 입을 다물지 못했다.

"아가씨들 말이야, 너무 수다가 심했어."

그는 세 개의 제어판을 동시에 다루면서 태연스럽게 입을 열었다.

"내가 멍하니 마나 충전만 했다고 생각하진 않았겠지? 비공정을 제어하는 방식을 옆에서 지겹게 지켜보고 들었다고. 그렇게 일주일만 있으면……."

순간 그의 손가락이 더욱 빠르게 움직이면서 잔상이 여기저기에 남았다. 그렇게 10여 분이 흐르는 동안 관자놀이를 타고 땀이 쉬지 않고 흘러내렸다. 허튼 짓을 할지 모른다며 뒤늦게 달려온 오를레앙마저도 멍하게 그의 손놀림을 지켜만

보았다.

"자, 쉽지? 이 정도는 금방이라고."

순간 비공정 조명이 꺼지면서 전광판에만 빛이 들어왔다.

"아아, 걱정하지 말라고. 쓸데없이 소모되는 마나를 최소화하고 오러 캐넌에 주입되도록 집중시킨 것뿐이야. 대신 비공정 자체는 물론이고 오러 캐넌에 상당한 무리가 가니 절대로! 자주 써서는 안 되는 편법이지."

고도의 집중력을 발휘해 깔끔하게 일을 마친 페일은 어깨를 으쓱거리며 자리에서 일어섰다. 순간 주변에 몰려든 메이드들의 눈동자가 반짝거리며 새로운 스승감을 찾았다는 기대감에 벅찼다.

"이, 이보게들! 어떻게 된 일인가? 오러 캐넌에 마나가 엄청나게 흘러 들어오고 있다네! 아니, 그것보다 아까 그 충격은 도대체 뭔가?"

드래곤의 전투 장면을 비추던 전광판이 갑자기 꺼지더니 지직거리는 화면과 함께 펠튼의 얼굴이 크게 자리 잡았다.

"그야 이몸이 조금 손 댄 덕분이지."

"헉! 자네가 왜 여기에?"

"지금 그게 중요한가? 아가씨들, 오러 캐넌의 발사까지 얼마나 남았지?"

"그, 그게… 잠시만 기다리십시오!"

자신이 함장이 된 마냥 지시를 내리는 페일의 말에 메이드들은 일제히 자리에 착석하더니 제어판을 두들기느라 정신이 없었다.

"오러 캐넌의 재충전 완료 시간까지 앞으로 16분 14초가량 남았습니다! 오차율은……."

"아가씨들은 그놈의 오차율 진짜 좋아하더라? 뭐, 그 정도 시간이라면 반격을 노리기엔 충분하겠지."

그는 은근슬쩍 함장석에 앉으려고 했지만 재빨리 그의 앞을 가로막은 오를레앙에게 밀려나 버렸다.

2

"아아……."

마리에타는 지면으로 추락해 버린 비공정을 바라보며 망연자실했다. 안에 타고 있던 이들이 결코 무사하지 않을 거라는 마음에 얼굴에 핏기가 확 사라졌다.

"할아버지가……."

순간 그녀의 눈빛이 매섭게 바뀌었다.

드래곤을 보는 시선이 두려움에서 어느새 분노로 바뀌었다. 이렇게 된 이상 자신도 함께 죽더라도 드래곤을 그냥 봐둘 수 없다는 집념에 사로잡혔다.

마리에타는 마나의 장벽을 펼친 상태에서 이제까지 단 한 번도 시도해 보지 않았던 주문을 읊기 시작했다. 두 개의 마법진이 그녀를 중심으로 떠오르더니 서로 교차하며 돌아가기 시작했다.

"……!"

레이지는 그녀의 입에서 흘러나오는 룬 문자를 듣고서 어떤 마법을 구현 중인지 단번에 알아챘다. 그리고 망설이지 않고 두 손에 마나를 실어 마리에타의 어깨를 강하게 움켜쥐었다.

"크윽!"

"지금 미쳤습니까? 전용마법을…… 써클 6인 상태에서 쓰려 하다니!"

레이지는 평소답지 않게 흥분을 감추지 않으며 그녀를 꾸짖었다. 마리에타는 놀란 나머지 마법을 중단하더니 두 무릎을 모으고서 앞으로 풀썩 주저앉았다.

크워워워!

드래곤 피어가 울려 퍼지자 레이지는 재빠르게 주문을 외어 마나의 장벽을 2중으로 펼쳤다. 장시간에 걸친 전투를 예상하고 마나 소모를 최대한 줄여왔던 그이지만, 지금은 그런 걸 감안할 때가 아니었다.

"다시는 아크메이지가 되기 이전에 전용마법을 시도하지

마십시오. 낮은 서클인 상태에서 시도하면 성공 여부는 둘째 치더라도 생명이 위험할 수 있습니다!'

레이지는 필시 엘레노어로부터 전용마법을 배웠을 거라 추측하고 그녀에게도 나중에 한마디 쏘아줄 결심을 굳혔다.

진심으로 자신을 걱정하는 레이지의 태도에 마리에타의 분노는 순식간에 사라졌다. 미리 익혀두는 데에 의미가 있으니 절대 서클 7 전에 사용하지 말라고 엘레노어가 신신당부했던 기억을 떠올리며 무안한 기분을 떨쳐 낼 수 없었다.

"미안해요. 정말로…… 할 말이 없어요."

"그건 나중에 공주한테 하십시오."

상공에서 두 남녀를 주시하고 있던 트레이지아는 뭔가 트러블이 생겼음을 알고 일부러 드래곤의 시선을 반대 방향으로 이끌었다.

'하지만 상황이 악화된 것만은 분명해. 일부러 드래곤의 공격이 비공정에 닿지 않도록 노력했건만. 이대로라면…….'

투척 공격으로 시간을 끄는 작전은 더 이상 통하지 않는다. 실제로 와이번 라이더들은 비공정이 추락하는 광경을 보자마자 투척을 중단하고 드래곤의 공격을 하늘로 향하도록 유도하는 데 전념했다.

레이지는 선택의 기로에 섰다.

어차피 지금 당장 드래곤을 처치하기엔 불가능에 가까워

졌다. 지금 당장에라도 후퇴하여 비공정에 남아 있는 이들을 구출하는 데 온 힘을 쏟느냐, 아니면 엘레노어가 마법진 봉쇄를 마칠 때까지 시간을 계속 끄느냐 두 가지만 남았다. 그 어느 쪽을 택하든 간에 다른 하나는 포기해야 한다는 괴로움이 갈등만을 유발시켰다.

"레이지? 마법진이……."

"네?"

레이지는 자신을 중심으로 거대한 마법진이 지면 위로 빛을 발하고 있음을 뒤늦게 알아챘다. 자신은 물론이거니와 마리에타의 마법 역시 아니었다.

보라색 빛과 함께 마법이 완성되자 레이지는 기쁨과 안타까움 두 가지 감정을 동시에 느끼며 공간이동마법으로 나타난 둘을 맞이했다.

"제이워드, 늦어서…… 미안."

"엘레노어!"

레이지는 비틀거리는 엘레노어의 어깨를 붙들고 간신히 부축했다. 비공정의 은폐 마법을 유지하느라 상당한 마나를 소모한 상태에서 마법진의 봉쇄는 무리나 다름없었다.

"그래도 제대로 마치고 왔어. 하지만, 좀 더 일찍 올 걸……."

엘레노어는 드래곤의 브레스를 맞고 추락해 버린 비공정

을 허망한 눈빛으로 바라보았다.

"지하실 안에서도 안 좋은 일이 일어났다고 느꼈지만, 이 정도일 줄은 몰랐어."

"마법진이 봉쇄된 것만으로도 충분히 다행이야. 이제 더 이상 저 괴물이 또 하나 나타날 가능성은 없으니까."

레이지는 쉐스에게 대신 엘레노어를 부축하도록 양보하고 선 뒤를 돌아보았다.

레이지가 서 있는 곳에서 상당히 멀어져 버린 드래곤은 브레스를 공중으로 연달아 내뿜으며 위용을 과시했다. 쉴 사이 없이 이어지는 전투로 인해 와이번 라이더들의 움직임은 눈에 띄게 둔해졌다. 이미 10기에 해당하는 와이번 라이더가 브레스에 휘말려 추락하거나 불타 버렸다. 드래곤의 정면에서 대치 중인 프레드릭 역시 지치기는 마찬가지였다.

그러던 중 비공정 주변을 활공하던 한 기의 와이번 라이더가 빠른 속도로 레이지가 있는 곳을 향해 날아왔다. 레이지는 와이번 라이더의 뒤에 누군가 타고 있음을 확인하고 마법으로 시력을 증폭시켰다.

"진하?"

3

"모두 무사하다니…… 정말 다행이에요."

마리에타는 두 손으로 얼굴을 감싸더니 소리 죽여 눈물을 흘리기 시작했다. 반면 레이지는 사상자가 아무도 없다는 사실에 기뻐하기보단 페일의 개입에 인상을 찌푸렸다.

"정말 그를 믿고 놔둬도 되겠습니까?"

"저도 반신반의했지만 지금으로선 어쩔 수 없는 상황임은 분명합니다."

페일 덕분에 오러 캐넌의 사용 가능 시간이 얼마 남지 않았다는 말에 레이지는 물론이고 엘레노어마저 의심을 가졌다. 하지만 지금 드래곤이 설치는 와중에 거짓말로 비공정을 차지해 봐야 아무런 의미가 없음을 페일이 모를 리 없다.

"아까 절 데리고 온 와이번 라이더에게도 설명했으니 공주 측에서도 대비할 겁니다."

"어차피 비공정을 지금 당장 구동할 수 없으니, 선택지는 하나밖에 없군요."

오러 캐넌의 공격이 시작되는 순간 남은 힘을 몰아붙여 드래곤의 숨통을 끊어야 한다.

"앞으로 남은 시간이 10여 분 정도라……."

이제까지 버틴 시간에 비하면 아무것도 아니었다.

레이지는 프로스트 엣지에 오러를 불어넣고 드래곤을 향해 달려들 준비 일보 직전이었다. 하지만 엘레노어가 그의 왼

손을 붙들고 고개를 절레절레 흔들었다.

"넌 여기 남아."

"왜?"

"쉐스, 마리에타, 그리고 오를레앙. 너희들은 최대한 서로 뭉쳐 다니며 드래곤의 시선을 분산시키도록 해. 알겠지?"

그러자 세 명이 일제히 고개를 끄덕이며 드래곤을 향해 달려갔다. 졸지에 단둘이 남게 된 레이지는 인상을 쓰며 손을 떨쳐 내려다가 이내 동작을 멈췄다.

"엘레노어, 너 지금……."

"그동안 무리한 탓인지 제대로 된 마법을 쓰긴 무리야. 그러니 네가 대신 활약하도록 해."

엘레노어의 마나가 레이지의 몸 안으로 서서히 흡수되는 중이었다. 예전 마탑에서 처음 만났을 때 옛 실력을 확인할 겸 마나를 빌려준 적이 있었지만 실전에선 처음이었다.

"저렇게 커다란 몬스터를 상대로는 워락의 기술보단 아크 메이지의 전용마법이 훨씬 효과적이야. 그리고 지금 너만 가능한 일이기도 하지."

그동안 마법사로서 전투에 활약하기보단 부수적인 일에 전념했던 엘레노어는 막상 중요한 순간에 전력으로 나서지 못함을 안타까워했다.

"이제 끝… 났어."

"고마워, 엘레노어."

레이지는 마나를 나누어주고 기절하듯 잠들어 버린 엘레노어를 부축해 조심스럽게 옆으로 눕혀 주었다. 그리고 만약을 대비해 마나의 장벽으로 그녀의 주변을 둘러쌌다.

주먹을 움켜쥐자 일시적이나마 서클 7로 올라간 체내의 마나가 소용돌이쳤다. 레이지는 먼저 간 일행의 뒤를 쫓아 달려나갔다.

4

"쿨럭……."

오를레앙은 피가 섞인 기침을 토해내며 비틀거렸다. 드래곤 피어를 예측 못하고 앞서 나가다가 엄청난 굉음에 뒤로 물러서야 했다.

"우욱, 왠지 모르지만 오늘은 뭔가 토하는 운명이로군요."

그는 입안에 고여 있던 피를 도로 삼키며 플레임 크로스를 양손으로 움켜쥐었다. 그리고 오러를 불어 넣어 검날을 불길에 휩싸이게 한 후 달려들 기회만 엿보았다.

"어, 어어?"

쿠웅!

거대한 드래곤의 꼬리가 지면을 강하게 내려찍자 오를레

앙의 몸이 높이 솟아올랐다. 그는 오러로 몸을 감싸 무사히 착지했지만 검을 쥔 손이 의지와 상관없이 벌벌 떨고 있었다.

"드, 드래곤이 이렇게 강할 줄이야……."

물론 비공정을 단 한 방에 추락시킬 정도의 위력을 이미 맛보긴 했지만 가까이에서 접할 때 느낀 공포와는 수준이 달랐다. 그 드래곤의 정면에서 홀로 맞서 싸우고 있는 프레드릭이 더욱 대단하게 느껴졌다.

"헉, 헉……."

레이지 일행 중 유일한 그랜드 마스터 프레드릭은 계속 오러를 유지하며 드래곤의 공격을 막아내는 중이었다.

'마치 거대한 성과 싸우고 있는 압박감이 느껴지는군.'

한 걸음 앞으로 내딛을 때마다 흔들리는 지면 때문에 균형을 잡기에도 땀이 비 오듯 흘러내렸다. 만약 와이번 라이더들의 지원이 없었다면 큼지막한 발바닥에 짓눌릴 뻔한 적도 한두 번이 아니었다.

이제까지 프레드릭이 경험한 그 어떤 적이나 몬스터보다 거대한 규모를 지닌 이상, 근접전은 무의미했다. 처음 드래곤의 앞에 섰을 때부터 그걸 알아챈 프레드릭은 공격이 아닌 수비로 돌아섰고, 그 덕분에 큰 부상 없이 지금까지 버틸 수 있었다.

그나마 소환 과정에서 뭔가 잘못되었는지 제대로 된 드래곤이 소환되지 않은 걸 위안 삼아야 했다. '진짜' 드래곤이라면 마법까지 구현하며 프레드릭을 궁지로 몰았을 테니까.

하지만 계속 이어지는 드래곤 피어만큼은 조금씩 그의 육체를 갉아 먹고 있었다. 이미 그의 입에서 흘러내린 피가 목을 타고 가슴까지 붉게 물들인 지 오래였다.

'분명히 기회는 찾아온다. 그 때 나의 모든 오러를 담은 일격을 날리자!'

크워워워!

"크읔!"

또 한 번의 드래곤 피어가 지면을 타고 프레드릭을 뒤덮었다. 계속 두 발로 굳건히 서 있던 그의 두 무릎이 의지와 상관없이 굽혀지더니, 몸이 앞으로 기울어졌다.

"이대로 쓰러질 수는… 없어!"

그는 검을 지팡이 삼아 천천히 몸을 일으켰다. 하지만 어느새 그의 머리 위에 거대한 그림자가 드리워졌다. 드래곤이 작심하고 들어 올린 왼쪽 앞발이 바람을 일으키며 프레드릭을 향해 내려찍는 중이었다.

바로 그때.

"……!"

프레드릭은 멀리 비공정이 추락한 부근에서 엄청난 오러를 감지했다. 순간 드래곤도 그걸 느끼고 동작을 멈추었다.

프레드릭은 그 틈을 타 뒤로 멀찌감치 물러섰다. 그와 동시에 오러 캐넌으로부터 발사된 거대한 빛이 직선 형태로 드래곤의 옆구리에 작렬했다.

5

"성공이야!"

비공정에서 발사된 오러 캐넌이 드래곤의 몸을 관통하자, 땅바닥에 엎드려 있던 오를레앙은 두 주먹을 움켜쥐며 환호성을 질렀다.

크워워워!

드래곤은 견고한 비늘 하나 제대로 뚫지 못했던 지금까지의 공격과 달리, 두 날개를 포함해 옆구리를 관통해 버린 오러 캐넌의 위력에 고통을 이기지 못하고 몸부림 쳤다.

무려 10미터에 달하는 지름의 구멍이 드래곤의 거대한 몸에 자리 잡았고, 부상당한 부위에서 흘러나온 피가 마치 폭포처럼 대지에 흘러내렸다. 강한 부식 능력을 지닌 드래곤의 피는 땅바닥은 물론이고 나무와 풀마저 모두 녹여 버렸다.

드래곤의 피를 피해 다급히 물러선 레이지 일행은 반격의 준비를 곧바로 시작했다.

"나, 지금 그대의 무한한 힘을 빌리고자 하오니……."

10미터를 훌쩍 넘는 지름의 거대한 마법진이 레이지를 중심으로 형성되었다. 아크메이지였을 당시에도 몇 번 써보지 않았던 화염 계열의 전용마법 '피닉스'의 주문을 읊기 시작했다.

"……불이란 모든 것을 소멸시킴과 동시에 시작을 알리는 상징, 그 힘을 지금 나는 원하노라……."

"여러분, 물러나 주세요. 저도 시작하겠어요."

그리고 레이지의 마법진 바로 왼쪽에서 마리에타가 마법을 시전하기 시작했다. 드래곤과의 전투에서 제대로 활약하지 못한 분을 풀 절호의 기회였다.

두 마법사의 마법이 진행되자, 강력한 마나를 느낀 트레이지아는 드래곤에게 일제 투척을 명하려다가 즉시 거두어들이고 높이 솟아올랐다. 그들의 마법이 완성되어 드래곤을 휘감은 직후가 최고의 공격 타이밍이라 판단했다. 그녀의 검은 와이번을 따라 다른 와이번 라이더들도 빠른 속도로 상승하기 시작했다.

"잠깐, 드래곤의 상처가… 회복되고 있어?"

"신성력…… 아니, 재생[Regeneration]인가!"

고통 속에서 몸부림치던 드래곤의 몸이 밝은 빛에 휘감기더니 옆구리에 뻥 뚫린 구멍이 빠른 속도로 메워지고 있었다. 대지를 흠뻑 적신 피가 증발되어 허공으로 사라졌고, 비늘이 떨어져 나간 자리에 새 비늘이 살갗을 뚫고 순서대로 자리 잡았다.

마리에타는 듀얼 캐스팅으로 레이지보다 먼저 주문을 다 외웠지만 구현 직전에 잠시 멈추고 기다렸다. 레이지의 전용 마법이 작렬한 후에야 자신의 마법이 제대로 통할 거라는 판단하에 내린 결단이었다. 하지만 레이지의 마법이 완성되기까지는 아직 시간을 더 필요로 했다.

"하아앗!"

오를레앙과 쉐스가 초조하기 마법의 완성만을 기다리는 사이, 믿기지 않은 일이 일어났다. 드래곤이 회복에 전념하는 사이 정면이 아닌 오른쪽으로 뛰어 들어간 프레드릭의 오러 어설트가 거대한 왼쪽 날갯죽지를 파고들었다. 남은 오러를 모두 담아 시도한 프레드릭의 강력한 한 방은 앞서 오러 캐넌의 공격으로 비늘이 떨어져 나간 부위를 찢어 갈겼다.

쿵!

잘려 나간 드래곤의 왼쪽 날개가 먼지바람을 일으키며 지면 위로 떨어졌다. 프레드릭은 추가 공격을 노리지 않고 오러 어설트를 계속 유지하면서 드래곤의 꼬리를 지나 빠른 속도로 달려갔다. 오러의 잔상을 남기며 프레드릭이 드래곤으로부터 멀어지자, 레이지는 미소를 짓더니 천천히 오른손을 들어 올렸다.

"모든 것을 불태워 정화시키는 불사조, 피닉스여!"

딱!

오른손 엄지와 검지가 튕겨지며 만들어진 소리와 함께 마법이 완성되었다. 각각 20미터에 달하는 두 날개를 활짝 펼친 거대한 새, 피닉스가 불타오르면서 드래곤을 노리고 날아갔다. 드래곤은 즉시 회복을 중지하고 피닉스를 향해 브레스를 뿜었지만, 같은 화염 속성을 지녔기에 아무런 효과가 없었다.

오히려 피닉스가 온몸에 두르고 있는 화염이 더욱 넓게 펼쳐질 뿐이었다.

"피닉스여! 파고들지어다!"

레이지의 고함에 피닉스의 두 날개가 접혀지더니 크기가 급속도로 줄어들었다. 그리고 아직 완전히 메워지지 않은 옆구리에 난 구멍을 통해 안으로 파고들더니, 접었던 두 날개를 펼치며 불길을 일으켰다.

크오오오!

드래곤 피어가 아닌, 고통으로 울부짖은 드래곤의 신음 소리가 울려 퍼졌다. 순식간의 드래곤의 몸을 휩싼 불길은 견고함을 자랑하던 비늘을 시커멓게 태워 버렸다.

"……페 바스(바람이여, 휘몰아쳐라)!"

뒤이어 마리에타의 고위 마법, 윈드 와이번이 완성되었다.

피닉스와 달리 강렬한 바람으로 온몸을 감싼 윈드 와이번은 드래곤의 얼굴 앞까지 빠르게 날아간 뒤, 세 마리로 나뉘어 드래곤의 등과 오른쪽, 그리고 왼쪽을 빠르게 훑고 지나갔다.

시커멓게 타버린 비늘들이 일제히 벗겨지면서 땅바닥에 깊숙이 박혔다. 그와 동시에 바람의 칼날이 드래곤의 살갗을 파헤치며 무수한 자상을 남겼다. 순식간에 온몸이 피투성이가 되어버린 드래곤은 고개를 마구 뒤흔들며 비명을 내질렀다.

크오오오!

드래곤은 자신에게 피닉스를 시전한 레이지를 바라보고 입을 크게 벌렸다. 하지만 그 와중에 하늘 높이 떠 있는 와이번 라이더들의 존재를 까먹은 게 치명적인 실수였다.

"일제 하강!"

높이 떠올랐던 와이번 라이더들이 트레이지아의 외침에 급속도로 하강하기 시작했다. 지상으로부터 200미터 높이 즈음에서 지니고 있던 스피어들을 드래곤의 노출된 등을 향해 연달아 투척했다. 두터운 비늘이 사라진 드래곤의 맨살 위에 포스가 실린 스피어가 바늘처럼 우후죽순 꽂혔다.

투척을 마친 와이번 라이더들이 포물선을 그리며 지상에 거의 닿을 정도로 궤도를 변경하며 흩어졌다. 부하들의 공격이 끝나자 홀로 상공에 멈춰 있던 트레이지아는 랜스를 오른손에 쥐고 왼손으로 고삐를 내려쳤다.

그러자 그녀의 검은 와이번이 두 날개를 접으며 드래곤을 향해 회전하면서 하강하기 시작했다. 포스에 휩싸인 그녀의 랜스가 푸른색으로 빛나면서 직선 형태의 잔상을 남겼다. 그리고 드래곤에게 접근할수록 포스가 만들어내는 잔상이 점차 곡선으로 바뀌더니 지면과 대각선을 이루었다.

"나의 포스는 모든 것을 꿰뚫을지어다!"

트레이지아의 외침과 함께 포스로 둘러싸인 랜스가 드래곤의 등 정가운데를 관통했다. 와이번의 속도와 포스의 힘을 합친 트레이지아만의 돌진 기술, '포스 스트라이크(Force Strike)' 였다.

트레이지아가 탄 검은 와이번이 드래곤의 가슴을 뚫고 밖으로 나오자 붉은색 피가 폭발하듯 터져 나오며 주변 일대를 적셨다. 굳건하게 서 있던 드래곤의 네 다리가 하나씩 굽혀지더니 이내 균형을 잃고 오른쪽으로 기울어지기 시작했다.

쿠웅!

마치 거대한 탑이 옆으로 넘어진 것 같은 충격이 지면을 타고 멀리 퍼져 나갔다. 주먹만 한 자갈들이 무릎 높이까지 떠올랐다가 도로 떨어졌다.

"……."

레이지의 시야는 전용마법을 쓴 후유증 때문에 마구 흔들렸다. 그는 당장에라도 쓰러지고 싶은 욕망을 간신히 참아내고 급격히 소비된 마나를 차분하게 안정시키기 위해 정신을 집중했다. 허리에 찬 베이그란트의 서가 뒤늦게 빛나며 소비된 마나의 일부를 채워주자 레이지의 시야도 정상으로 돌아왔다.

"정말… 쓰러뜨린 게 맞습니까?"

오를레앙은 거대한 드래곤이 더 이상 움직이지 않고 드러누워 있다는 사실을 받아들이기 힘들었다.

"레이지, 괜찮나요?"

"좀 어지러울 뿐입니다."

레이지는 마리에타의 부축을 정중하게 거절하고서 천천히 드래곤을 향해 걸어갔다.

커다란 입을 다물고 오른쪽 눈만을 뜨고 있는 드래곤의 눈동자가 레이지 쪽으로 휙 움직였다. 하지만 온몸의 비늘이 벗겨져 나가고, 등에 무수한 스피어들이 꽂힌 상태에서 치명적인 관통상을 두 번이나 입은 드래곤의 몸은 움직이지 않았다.

"숨통을… 끊겠습니다."

레이지는 프로스트 엣지를 검집에서 꺼낸 뒤 검끝이 아래로 향하도록 양손으로 고쳐 쥐었다.

"하아앗!"

기합 소리와 함께 프로스트 엣지가 드래곤의 미간 사이에 깊숙이 박혔다. 순간 붉은 핏줄기가 뿜어져 나오면서 레이지를 뒤덮었지만, 생명력이 거의 꺼져 가는 드래곤의 피는 부식 능력을 상실한 지 오래였다.

사람 얼굴만 한 크기의 눈동자가 좌우로 빠르게 움직이더니 천천히 위로 올라가면서 눈꺼풀 안쪽으로 사라져 버렸다. 그와 동시에 드래곤의 거대한 몸집이 점차 투명해지더니 돌연 강렬한 빛을 뿜어내기 시작했다.

"으윽……."

레이지는 두 눈을 질끈 감으며 고개를 옆으로 돌렸다. 그는 일부러 어둠 속에 가둔 시야 안으로 파고드는 빛이 가라앉기만을 기다렸다.

두 눈을 뜨자 믿기지 않은 광경이 그를 맞이했다.

드래곤의 거대한 육체는 온데간데없고, 밝게 빛나는 커다란 보석이 허공에 떠 있었다.

"모두 처음 본다는 눈빛이네."

뒤를 돌아보자 엘레노어가 느린 걸음으로 다가오며 미소를 지었다.

"아마도 드래곤 하트(Dragon Heart)일 거야."

"그 전설의?"

"이미 드래곤 자체가 전설인데 뭘 새삼스레?"

엘레노어는 레이지의 옆에 팔짱을 끼며 딱 달라붙었다. 그리고 어느 사이에 레이지 주변에 몰려든 이들을 쓱 둘러보더니 몇몇을 손가락으로 가리켰다.

"너희들은 운이 엄청 좋은 거야."

"그야 드래곤을 쓰러뜨린 거 자체가……."

"넌 하나는 알고 둘은 모르는구나."

엘레노어는 마리에타의 말을 도중에 끊으며 입술을 삐죽 내밀었다.

"전설이나 고대 문헌을 보면 이렇게 막강한 드래곤을 잡으러 도전하는 사람들 이야기 많잖아? 왜 그럴까? 그건 바로 저거 때문이야. 아, 굳이 내가 설명 안 해도 다들 알겠네?"

엘레노어는 허공에 떠 있는 드래곤 하트를 가리키며 말했다. 바로 그 순간, 드래곤 하트가 빛을 발하더니 무수하게 작은 입자로 분리되어 레이지 일행의 머리 위로 떨어지기 시작했다.

"어……."

현기증을 느끼던 레이지의 몸 안으로 엄청난 양의 마나가 스며들기 시작했다. 그렇게 흡수된 마나가 머리부터 발끝까지 피를 타고 순환하더니 시야가 온통 하얀 빛으로 뒤덮였다.

'이건…… 설마 그때의!'

그동안 익혔던 룬 문자들이 한꺼번에 빛 속에서 모습을 드러내며 무질서하게 뒤엉켰다. 하지만 이내 폭발하듯 확 분산

되더니 하나씩 시야의 왼쪽 끝에서 오른쪽 방향으로 재배열되었다. 마치 아무것도 적혀 있지 않은 새하얀 종이 위에 글자가 기록되면서 한 권의 책이 완성되는 과정과 흡사했다.

모든 룬 문자가 배열을 마치자, 시야 오른쪽 끝에서부터 빛이 사라지면서 검은색으로 물들기 시작했다. 룬 문자들이 어둠 속에 녹아들 듯 사라지면서 그 어떤 잡념도 떠오르지 않았다. 오직 마법 그 자체만을 위한 의식 공간이 머릿속에 자리 잡았다.

"나, 나는……."

시야가 원래대로 돌아오자 레이지는 순간 꿈을 꾸지 않았나 하는 착각에 빠졌다. 하지만 눈과 귀, 코, 그리고 피부를 통해 전해지는 감각이 꿈이라고 보기엔 너무나 생생했다.

"다들 괜찮습니까?"

하지만 레이지의 질문에 대답하는 이는 아무도 없었다.

마리에타와 쉐스는 자신들의 체내로 파고드는 마나에 놀라 멍하니 입을 벌리고 있었다. 순수한 오러 유저인 오를레앙은 마나량 그 자체가 늘어나는 감각이 처음이었기에 이게 좋은 건지 나쁜 건지 파악 자체를 못하고 있었다.

"방금 떠오른 생각인데, 드래곤이 소환된 건 어찌 보면 불행이 아니라 되려 행운이었을지도 몰라."

"잠깐, 엘레노어. 나 지금 뭔가 감각이 이상해졌나 싶어.

이렇게 쉽게… 도달할 리가 없는데!"

"드래곤 하트에는 엄청난 양의 마나가 담겨 있다는 걸 까먹지는 않았겠지? 물론 이번에 소환된 드래곤은 좀 비정상적인 과정으로 넘어온 거라 다소 양은 적겠지만… 그 양이 적다는 것도 어디까지나 상대적인 의미지 절대적은 아니야."

엘레노어는 레이지에게 얼굴을 가까이 가져가며 작게 속삭였다.

"이젠 아크메이지 제이워드가 아니라, 아크메이지 레이지로 불러야 하겠는걸?"

"……!"

6

"망할……."

쉬지 않고 와이번을 타고 도망치던 팰컨은 돌연 고삐를 잡아당기더니 공중에서 멈춰 섰다.

"모든 게 잘 되어가고 있었는데…… 하필이면 왜 오늘 나타나서 나의 일을!"

팰컨은 등에 걸치고 있던 보라색 망토를 잡아 뜯더니 아래로 휙 내던졌다.

"게다가 수호자가 아닌 그딴 괴물이 나올 줄이야! 왜 나에

겐 불행만 다가오는 거지? 왜!'

교황이 가르쳐 준 대로 '수호자' 드래곤을 소환하는 데 성공한 팰컨은 지하실이 떠나가도록 웃음을 터뜨리며 극적인 역전을 기대했다.

하지만 드래곤은 애초에 등장할 때부터 성을 박살 내며 거대한 덩치를 드러냈기에 수호자라는 이름과는 거리가 멀었다. 그래도 팰컨은 포기하지 않고 와이번을 타고서 높은 곳에 위치한 드래곤의 머리 근처로 다가가 명령을 내렸다.

자신을 방해하는 자들을 처단하라고.

하지만 대답 대신 돌아온 것은 뜨거운 불길이 담긴 브레스였다. 가까스로 브레스를 피한 팰컨은 다시 다가갈 엄두도 내지 못하고 부리나케 도망쳐야 했다.

"어차피 저런 괴물이 나온 이상 모국은 끝났어. 애초에 그놈들이 나타나지 않으면 그런 일도 없었을 것을!"

누가 드래곤을 소환했는지는 생각하지 않고 그저 자신이 쫓겨야 하는 상황에 분노할 뿐이었다.

"역시 그자에게 기대야만 하는가……."

팰컨은 마법진을 개조해 주며 교황이 남긴 말을 떠올렸다.

"언제든지 절 찾아오십시오. 그대가 어떤 고난에 처하더라도 베르시아님의 이름으로 반가이 맞이할 것입니다."

교단이 믿는 신의 이름 따위 그에게 아무런 의미도 가치도 없지만, 지금 그가 의지할 수 있는 자는 교황이라는 사실에는 변함이 없었다. 애초에 베릭쿠스의 정기회의 때 모습을 드러내기도 했으니 같은 배를 탄 거나 마찬가지였다.

"어차피 잿더미가 되었을 페르디어스 왕국 따위, 나에겐 더 이상 필요 없어. 이렇게 된 이상, 진정으로 나를 따르는 자들만으로 구성된 왕국을 만들겠어!"

그는 끝내 왕이 되겠다는 야심을 버리지 못한 채 일그러진 웃음을 터뜨렸다. 그가 내팽개친 보라색 망토가 바람을 타고 떠오르는 듯했지만, 다시 아래로 내려가고 있었다.

Chapter 69
감춰왔던 진실

1

　단 하루 동안 벌어졌던 베르오나 성에서의 사건은 급속도로 페르디어스 왕국 전역으로 퍼져 나갔다.

　시민들 앞에서 동생을 처형시키고 스스로 왕좌에 오르려던 팰컨 왕자의 야심, 그것을 저지한 비공정의 등장과 이성을 잃어버린 드래곤의 등장 등등…… 믿기 힘든 사건들이 연속적으로 터졌음에도 베르오나 성에 모여들었던 수많은 시민이 직접 두 눈으로 보았기에 진위 여부에 대한 의심은 거의 없었다.

　반역 혐의로 사형 직전까지 몰렸던 트레이지아 공주가 이

방인들과 힘을 합쳐 드래곤을 쓰러뜨리자 그녀를 칭송하는 목소리가 높아졌다. 때맞춰 그동안 은둔 중이던 여왕 헬레이나 3세가 복귀하면서 팰컨 왕자의 폭정으로 인해 터지기 일보 직전이었던 왕국 내의 불안이 빠르게 진정되기 시작했다.

완전히 박살 난 베르오나 성 앞에 그녀는 시민들을 불러 모은 뒤 연설을 시작했다. 이 모든 것은 자신의 부족함으로 일어난 참사이며, 페르디어스 왕가의 명예를 걸고 엉망진창이 되어버린 왕국을 조속하게 원상복구하겠다는 약속을 내걸었다.

물론 불안요소 자체는 여전히 남아 있었다. 그동안 대중 앞에 단 한 번도 모습을 드러내지 않았던 그녀였기에 시민들은 고작 20대 초반의 나이 정도로만 보이는 여왕을 놓고 의심을 품지 않을 수 없었다.

그러나 여왕은 단지 말뿐이 아닌 실천으로 자신이 누구인지 증명했다. 팰컨 왕자가 야심을 드러낸 이후, 시민들을 억압하는 용도로만 쓰여왔던 와이번 라이더들은 무기를 놓고 멀리 떨어진 대륙 안쪽에서 식량을 공수해 왔다. 이는 레이지를 도와주었던 발렌시아 왕국의 적극적인 지원 덕분이었다.

그리고 비공정이 수리되자마자 식량 공수 작전에 적극 참여함으로써 페르디어스 왕국 내의 기근은 빠른 속도로 해결되었다. 엄청난 수송량과 빠른 속도를 지닌 비공정의 참여는 많은 이들의 환호성을 받기에 충분했다. 물론 수리하는 데에 상당한 마나와 노력을 필요로 했지만 페일의 특기인 제약 마법으로 급히 수송력과 이동력만 올려서 사용한 성과였다.

이쯤 되면 왕가의 체통을 다시 복구해야 한다는 명목으로 성을 재건하게 마련이다. 하지만 헬레이나 3세는 흔적만 남은 베르오나 성터 부근에 천막 하나만 치고 머물렀다. 모든 일이 완전히 해결되기 전까진 자신은 성에 머무를 자격이 없다고 말하면서.

또한 팰컨 왕자에 의해 강행되었던 베릭쿠스와의 협력관계를 중단했다. 팰컨 왕자가 조국을 버리고 도망간 시점부터 예상된 일이었지만, 여왕이 직접 결별을 선언하자 베릭쿠스와 관련된 자들에게는 비보나 다름없었다.

2

졸다크 왕국의 새로운 왕으로 올라선 레스톤은 왕좌에 앉은 채 초조함을 감추지 못했다.

선왕 노멜스 8세의 암살을 발렌시아 왕국의 음모로 조작한 뒤 전쟁을 시작할 때만 하더라도 그에 대한 왕국 내의 지지는 드높았다. 이미 베릭쿠스와 대적 중이던 발렌시아 왕국 측으로는 적대 세력이 두 곳으로 늘어나 버린 터라 전세가 졸다크 왕국 쪽으로 기울었던 것은 사실이었다.

하지만 레이지가 이끌고 온 비공정의 등장으로 베릭쿠스의 세력 자체가 축소되었고, 그랜드 마스터 마키스를 비롯한 다수의 실력자가 발렌시아 왕국에 합류하면서 전황은 역전되었다. 한때 발렌시아 왕국의 1/4가량에 해당하는 영토를 차지했던 졸다크 왕국군은 원래 국경선 너머로 후퇴한 지 오래였다.

"모든 것이 잘 되어가고 있었는데… 이대로라면 베릭쿠스의 도움 없이도 대륙을 지배하는 것도 가능했는데!"

졸다크 왕국군이 연전연패를 기록하자 레스톤의 여론 조작에 선동되었던 국민들은 차츰 이성을 되찾았고, 이내 노멜스 8세의 암살 그 자체에 대해 의문을 던지기 시작했다. 오를레앙 왕자가 발렌시아 왕가의 상징인 보검 아르젠트를 암살 현장에 떡하니 놔두고 갔을 리 없다는 주장이 힘을 얻었다.

게다가 막상 대륙 전쟁 당시에도 본격적인 분쟁에 휘말려 본 적이 없었던 국민들은 빠르게 끝날 줄 알았던 전쟁이 오히려 밀리면서 오래 지속되자, 계속 올라가기만 하고 내려갈 줄 모르는 세금과 물가에 참았던 불만을 폭발시켰다. 오직 평화만을 수십 년 동안 즐겨온 국민들은 목소리를 높여 레스톤이 물러나기를 촉구했다. 귀족들 역시 이대로는 위험하다고 판단, 발렌시아 왕국으로 투항하는 자들이 족족 생겨났다.

"내가 어떻게 해서 이 자리까지 올라섰는데……. 이대로 물러설 수는 없어!"

그의 비서 알렉시나는 일을 벌여놓고 자신의 그릇됨을 조금도 깨닫지 못하는 레스톤을 안쓰럽게 바라볼 뿐이었다. 평화 속에서 나태해져 가는 국민들을 걱정하며 국가의 안위에 힘쓰던 왕자의 모습은 권력이라는 마약을 접한 뒤부터 더 이상 그녀의 시야에서 사라진 지 오래였다.

"폐하, 말씀드리기 송구하오나 지금이라도 사신을 보내 결렬되었던 협상을 다시 재개함이 어떠하시온지……."

"협상? 나보고 그걸 인정하라는 말이냐!"

결국 레스톤은 자국 영토마저 빼앗기는 걸 두려워해 발렌시아 왕국에 사신을 보내 휴전 협상을 제시했다.

기존 크루디아 제국으로부터 빼앗았던 영토를 양보하겠다는 파격적인 제안을 발렌시아 왕국이 거부할 리 없다며 자신감을 드러냈지만, 역으로 발렌시아 측에서 내세운 조건을 듣자마자 레스톤은 강한 분노를 표출하며 거의 마무리 단계까지 도달했던 협상을 파탄 내버렸다.

"전쟁을 일으켰던 원인 자체를 없애라는 말을 내가 순순히 받아들이면 뭐가 되겠느냐!"

"……."

발렌시아 왕국 측이 제시한 조건은 의외로 간단했다.

노멜스 8세의 암살과 발렌시아 왕가는 전혀 관련이 없음을 공표함과 동시에 진범 색출의 협조를 요구했다. 이미 오를레앙 왕자가 범인이 아니라고 알려지긴 했지만, 졸다크 왕국 측이 공식적으로 인정하길 원했던 것이다.

"만약 그들의 조건을 받아들인다면 전쟁을 일으켰던 날 백성들이 어떤 눈으로 보겠는가! 알렉시나, 말해보거라!"

그녀는 이미 국민들의 여론은 레스톤에게서 등을 돌렸다고 말하려고 했지만, 이내 입을 다물고 침묵을 지켰다. 지금 그 어떤 말을 하더라도 레스톤이 받아들일 리 만무했기에 속이 타들어갈 뿐이었다.

레스톤은 국내외적으로 좁아져만 가는 자신의 입지에 분노하면서도 왕에서 물러날 생각은 눈곱만큼도 없었다. 그리고 이성적인 판단보다는 지금 당장 처한 상황을 타개하기 위한 방법만을 떠올렸다.

"그래, 지금이라도 늦지 않았다. 케이서스 공화국과 손을 잡는다면!"

"폐하! 그것만은 절대 안 됩니다!"

알렉시나는 굳게 다물었던 입을 열고 목소리를 높였다.

그나마 이제까지 졸다크 왕국이 버텼던 이유 중 하나는 베릭쿠스와 비밀리에 손을 잡았다는 사실을 숨기고, 전면적인 협력 대신 개별로 움직였기 때문이다.

하지만 베릭쿠스의 큰 축을 담당하고 있는 케이서스 공화국과 동맹을 맺는다면 이야기는 확 달라진다. 발렌시아 왕국과의 휴전은 이제 영영 불가능해질 뿐더러 베릭쿠스를 섬멸 중인 가장 큰 세력, 레이지를 대놓고 적으로 돌리겠다는 의미나 다름없었다.

"지금 당장 사신을… 아니다, 내가 직접 협상에 참여하겠다! 내 밑에 있는 자들은 한결같이 무능하기만 했어! 이몸이 직접 나서서 해결하겠다!"

"폐하……."

알렉시나는 더 이상 레스톤을 막을 수 없다는 절망감에 한 남자를 떠올렸다.

그 누구보다 길레터 왕국을 위해 싸웠지만 그 왕국으로부터 버림받은 프레드릭이 그 어떤 때보다 보고 싶었다.

3

베르시아 신성력 1394년 6월 27일.

허름한 막사 안에 탁자를 사이를 두고 두 남녀가 서로 마주 보고 앉아 있었다.

발렌시아 왕국의 왕 쥴리앙과 페르디어스 왕국의 여왕 헬레이나 3세는 탁자 위에 놓인 한 장의 문서에 번갈아가며 서명을 했다.

"중대한 결정을 내려주셔서 감사합니다."

쥴리앙은 자리에서 일어서더니 헬레이나 3세를 향해 오른손을 내밀었다. 그녀 역시 조금의 망설임도 없이 그의 손을 받아들여 악수했다.

각각 쥴리앙과 헬레이나 3세 뒤에 서 있던 오를레앙과 트레이지아는 가볍게 박수를 치면서 두 국가 간의 동맹관계가 체결되었음을 축하했다. 막상 이들을 한 자리에 모이도록 일을 추진했던 레이지는 자리를 비운 상태였다.

"이렇게 누추한 곳에 모시게 된 점, 페르디어스 왕국을 대표해서 사과드리겠습니다."

헬레이나 3세가 허리를 숙여가며 양해를 구하자 쥴리앙은 화들짝 놀라며 그녀를 정중하게 일으켜 세웠다.

"무슨 말씀이십니까? 저는 오히려 이렇게 아름다운 두 분과 함께 있다는 그 자체만으로도 기쁠 따름입니다."

"어머…… 과찬의 말씀이십니다."

"그런 의미에서 이번 동맹의 성공적인 체결을 축하함과 동시에 두 분의 아름다움을 칭송하기 위한 작은 선물을 준비했습니다. 아무쪼록 편안한 마음으로 받아들이시길 간곡히 부탁드리겠습니다."

"이미 저희 페르디어스 왕국은 발렌시아 왕국 측으로부터 많은 도움을 받았습니다. 그런데 선물이라니……. 당치 않습니다."

"그런 의미가 아닙니다."

쥴리앙은 막사 밖으로 잠시 나가더니 병사들을 우르르 이끌고 도로 들어왔다.

"여성의 아름다움을 칭송하는 데 있어서 아리따운 꽃만 한 것은 없습니다."

열 명의 병사는 두 손 한가득 장미 꽃다발을 들고서 일렬종대를 이루었다. 쥴리앙은 품에서 붉은색 장미 한 송이를 쏙 꺼내더니 헬레이나 3세 앞에 오른쪽 무릎을 꿇었다.

"듣자하니 아직 홀몸이시라 들었는데……."

"폐하! 국가 간의 중대사가 결정된 이런 자리에서 무슨 추태입니까?

오를레앙은 다짜고짜 쥴리앙의 등 뒤로 달려들더니 억지로 일으켜 세웠다. 어느새 그의 얼굴은 붉게 달아올랐다.

"추태라니! 저분의 표정을 보거라. 불쾌하시기는커녕 웃으며 기뻐하고 계시지 않느냐?"

헬레이나 3세는 오른손으로 입을 가리고 가볍게 웃고 있었다. 트레이지아는 막사 안이 그득한 향기로 가득 차자 뭐가 뭔지 알 수 없다는 표정이었다.

"게다가 너에게 그런 말할 자격이 있다고 생각하느냐? 비공정으로 장미꽃을 한가득 공수해 와서 여성 와이번 라이더들에게 다 돌린 주제에. 내가 모를 줄 알았느냐?"

"끄응……."

오를레앙은 두 손으로 머리를 붙잡더니 이젠 될 대로 되라는 심정으로 고개를 마구 흔들었다.

4

헬레이나 3세의 막사로부터 멀리 떨어진 곳에 자리 잡은 비공정은 현재 보수 작업이 한창 진행 중이었다.

대규모 식량 수송 작전이 성공리에 끝난 이후 페르디어스 국민들의 식량난이 거의 해결되자, 비공정의 완벽한 성능 복구를 위해 많은 이들이 구슬땀을 흘렸다.

레이지는 비공정 갑판 위에 홀로 올라서서 헬레이나 3세의 막사 쪽을 응시했다. 마법으로 시력을 증폭시킨 그는 병사들이 꽃을 한가득 안고 줄지어 안으로 들어가는 것을 보고 웃음을 터뜨렸다. 저런 짓을 할 인간은 그의 기억에 단 한 명뿐이었다.

'모든 게 잘 되어가고 있는데 마음속에 자리 잡은 불안은 왜 사라지지 않는 걸까?

드래곤의 등장은 그의 예상을 넘어서는 엄청난 고난이었지만, 동료들과 트레이지아의 공주 덕분에 힘겹게나마 헤쳐 나갈 수 있었다.

그리고 드래곤 하트로부터 흡수한 막대한 양의 마나는 레이지를 단번에 서클 7의 아크메이지로 성장시켰다. 물론 그 당시 같이 있었던 자들 중 마나를 쓰지 못하는 와이번 라이더들을 제외하고 모두 엄청난 양의 마나를 흡수했지만, 유독 레이지의 성장은 독보적이었다.

같은 양의 마나를 두고서도 사람에 따라 흡수되는 비율의 차이는 명백히 존재한다. 레이지의 경우 아크메이지였던 제이워드의 지식을 그대로 물려받았기에, 흡수 과정에서 낭비되는 마나를 최소화할 수 있다.

이젠 제이워드였을 때보다 확실히 강해졌음에 이의를 제기할 이는 아무도 없다. 게다가 예전의 동료들이 하나둘씩 그와 뜻을 함께했고, 레이지가 된 이후 만난 자들의 도움 덕택에 모든 게 순조롭게 진행되었다.

그럼에도 뭔가 꺼림칙한 기분을 떨쳐 내기엔 무리였다. 분명히 자신의 앞을 가로막을 또 하나의 벽이 등장할 거라는 예감만이 머릿속에 감돌았다.

"이봐, 일 안 하고 농땡이 부리는 거야?"

뒤를 돌아보자 지친 기색이 역력한 페일이 성큼성큼 걸어왔다.

"이미 오늘치 일은 다 마쳤다."

"벌써? 하긴, 넌 아크메이지이니 그 정도는 금방 끝냈겠군."

페일은 주머니에서 여송연을 꺼내더니 입에 물었다. 그리고 부싯돌로 불을 붙이려고 했지만 좀처럼 되지 않았다. 결국 레이지가 오른손 검지를 내밀더니 작은 불길을 만들어내 여송연 끝에 갖다댔다.

"휴우, 갇혀 있는 동안 이걸 피우고 싶어서 미치는 줄 알았지."

페일은 여송연을 물고 입술을 오므리더니 담배연기를 길게 내뿜었다.

"그나저나 이건 언제 풀어줄 거냐?"

그는 두 팔을 레이지의 얼굴 앞에 불쑥 내밀었다.

지난 번 비공정에서의 활약 덕분에 페일은 더 이상 감옥에 갇히지는 않았다. 하지만 마나를 억누르는 팔찌만은 여전히 그의 양팔에 채워진 상태였다.

"널 신용할 수 있게 되는 그때에."

"그놈의 신용 한번 얻기 힘들구먼. 드래곤 한 서넛 정도는 더 때려잡아야 하는 거 아냐? 휴우……."

한때 적으로 만나 서로 다른 시기에 죽은 두 사람이, 그 죽음을 극복하고 되살아나 함께 있다는 사실에 레이지는 묘한 기분을 느꼈다.

"참, 네가 말했던 그 건 말인데……."

"오러 캐넌?"

"그래. 그게 좀 일이 귀찮게 되었어. 오러 캐넌에 사용된 재질은 현재 구할 수가 없더군. 고대 문명의 유산 중에서도 꽤 위험한 물건이었던 만큼, 당시에도 구하기 힘들었으니 지금은 오죽하겠어?"

어차피 예상했던 경우 중 하나였기에 레이지는 새삼 실망하지 않았다.

"앞으로 사용 가능 횟수는 단 두 번. 그나마 쓰고 나면 다시는 수리 불가능하다고."

"그런가."

레이지는 거대한 드래곤에게 단 한 번의 일격으로 치명상을 입힌 오러 캐넌의 수명이 제한되었다는 이야기를 무덤덤하게 받아들였다.

아니, 오히려 잘 되었다고 생각했다.

비공정 자체만으로도 적을 포함한 아군의 두려움마저 불러일으키는 상황에서 오러 캐넌의 막강한 위력은 언젠가 레이지에게 치명적인 결정으로 작용할지 모른다. 앞으로 반드시 필요한 때에 골라서 쓰면 된다.

"요즘 들어서 종종 드는 생각인데, 역시 베릭쿠스가 아닌 이쪽에 붙기를 잘했다는 선택이 들어."

"무슨 의미지?"

"난 알다시피 앞으로 길어봐야 10년밖에 살지 못하는 인생이야. 그래서 모든 이들의 뇌리에 지워지지 않을 각인을 새겨두고 싶었지. 그래서 너희들을 택했는데, 벌써 드래곤을 쓰러뜨리는 활약을 했잖아? 내가 한 번 죽기 전에는 상상도 못했던 일이라고."

"복수는?"

"복수?"

"널 죽인 사람은 내 스승이다. 다시 살아난 지금 가장 큰 목표라고 생각하는데?"

레이지의 말에 페일은 피식 웃으며 여송연을 질끈 깨물었다.

"가장 싫어하는 인간의 손으로 되살아나 보면 그런 생각 따위 쑥 들어갈 거다. 나보고 아버지가 의도하는 대로 움직이라고? 허튼소리에 불과해. 게다가 이미 죽은 놈 상대로 뭘 어떻게 복수해?"

"제자인 나는?"

"널 죽여봤자 내가 얻는 게 뭐가 있다고? 어차피 오래 못할 인생, 역사에 한 획을 긋는 일에 매달리겠어."

레이지는 복수에 매달리는 자신과 영 다른 방향으로 가고 있는 페일을 여전히 받아들이기 힘들었다. 차라리 죽기 전처럼 제국을 위해 계속 싸우는 쪽을 택했다면 믿기라도 쉽겠지만.

"혹시 모르지. 내가 영혼전이마법으로 되살아났다면 모를까."

"……!"

"뭐야, 너 모르고 있었어? 네 스승이 가르쳐 주지 않았냐? 아크메이지라면 당연히 알고 있었을 텐데? 하긴, 그 잘난 아버지란 놈도 서클 0의 존재 자체를 모르고 있었지."

레이지는 페일의 오해를 굳이 풀 필요가 없었기에 입을 다물었다.

"쉴 만큼 쉬었으니… 다시 한 번 기운내 볼까?"

페일은 자신이 무심코 내던진 말이 얼마나 큰 의미를 지니는지 알지 못했다. 그리고 아무렇지 않게 함장실을 향해 걸어갔다.

가뜩이나 원인을 알 수 없는 불안 때문에 심란했던 그의 마음은 온통 뒤죽박죽이 되어버렸다. 다시 페일을 가두어 버릴까 하는 생각도 들었지만, 그의 속내가 어떻든 간에 실제로 많은 도움을 받은 입장에서 특별한 이유 없이는 주변의 반감만 살 게 분명했다. 레이지는 그저 멍하니 저녁놀이 내려앉은 수평선을 응시할 뿐이었다.

"흐음?"

상공에 떠다니며 순찰 중이던 와이번 라이더들의 움직임이 갑자기 분주해졌다. 그들은 지상을 가리키며 뭔가 외치더니 일제히 빠른 속도로 베르오나 성터 부근으로 집결하기 시작했다.

레이지는 그들이 날아가는 방향으로 고개를 돌리더니 망원경을 꺼냈다. 동그란 시야 안에는 병사들이 두 남녀를 둘러싸고서 더 이상 접근하는 걸 막아섰다.

"가르시아 경? 그리고… 베아트리체?"

5

그동안 레이지 일행에게서 떨어져 독자적으로 행동하던 두 남녀, 가르시아와 베아트리체가 오래간만에 비공정을 방문했다. 그들은 배교자라는 처지 때문에 교단의 눈에 띄지 않고 비공정에 합류할 적절한 시기를 기다리고 있었다. 그러던 찰나 페르디어스 왕국에 레이지 일행이 머무르고 있다는 희소식을 접했다. 대륙 중에서 거의 유일하게 교단의 영향력이 미치지 않는 국가이기 때문이다.

"그러면 문을 닫겠습니다."

레이지는 식당 문을 닫고 밖에서 열지 못하도록 마법으로 잠갔다. 그리고 벽에 손을 가져가자 빠른 속도로 마나가 퍼지면서 투명한 막의 형태로 식당 전체를 뒤덮었다. 다른 이들이 안의 대화를 엿듣지 못하도록 사전에 방지하겠다는 의미였다.

이 자리에 모인 이들의 공통점은 레이지의 진짜 정체를 알고 있다는 점 하나였다. 당연히 펠튼과 페일은 참석하지 못했다.

레이지는 엘레노어의 왼쪽에 의자를 놓고 앉았다. 다른 사람들은 이미 자리를 잡은 후였다.

"제이워드! 당신, 서클이 어느새……."

베아트리체는 레이지의 몸에서 느껴지는 마나가 예전 제이워드였을 때와 거의 동일하다는 걸 알아챘다. 마지막으로 그를 봤을 때와 확연하게 달랐다.

"운이 좋았어. 드래곤을 잡았다는 이야기는 들었겠지?"

"드래곤 슬레이어가 되었군요. 그렇다면 드래곤 하트의 영향으로… 납득했어요."

"새삼 놀랄 일도 아니야. 원래 지녔어야 하는 힘을 되찾은 것에 불과해."

오러 랭크와 달리 서클이 올라갈 땐 크게 기뻐하지 않는 그였지만, 이번에는 유독 무덤덤한 반응만을 주변에 보여주었다. 그것도 매직 유저의 극에 달한 아크메이지가 다시 되었음에도.

프레드릭은 맞은편에 앉아 있는 가르시아의 얼굴을 정면으로 바라보았다. 다른 이들과 달리 엘번 섬에 오래 머물렀던 프레드릭은 가르시아를 보는 게 이번이 처음이었다.

'레이지나 엘레노어님의 말대로… 정말 닮았군. 데릭 경이 살아 돌아온 듯한 착각마저 느껴져.'

비록 붉은색의 머리카락과 눈동자는 달랐지만, 마지막까지 제이워드와 함께했던 데릭의 얼굴이 머릿속에 저절로 떠올랐다. 그는 가슴 한구석이 뭉클해지는 느낌에 눈에 힘을 주었다. 계속 가르시아를 보고 있는 것만으로도 눈 아래로 뭔가 흘러내릴 것 같았다.

레이지는 프레드릭의 감정 변화를 단번에 알아채고 건너편에 앉아 있는 베아트리체에게 손짓했다. 분위기가 이상해지기 전에 이야기를 시작하라는 신호였다.

"그러면… 주목해 주십시오."

베아트리체는 자리에서 일어나더니 성호를 그으며 이 자리에 함께한 자들 모두를 축복하는 기도를 짤막하게 했다.

"여러분들이 베릭쿠스와 맞서 싸우는 동안, 저희들은 교단과 관련된 유적과 사원을 탐사했습니다. 그리고 그 결과물 중 하나를 여기에서 선보이겠습니다."

베아트리체는 직사각형 모양의 물건을 탁자 위에 올려놓았다. 그리고 조심스러운 손길로 겉을 싼 종이를 풀었다.

"바로 이것입니다."

직사각형 모양의 석판에는 그 어떤 문자나 기호도 적혀 있지 않았다. 하지만 베아트리체의 손이 석판 위를 쓱 훑자, 신성력에 반응하며 푸른색의 글자가 하나씩 천천히 위로 떠올랐다.

"이건 룬 문자가 아니로군. 아마 고대 문명이 번창할 때 사용된 문자 같은데…… 잠깐만."

레이지는 석판 위에 떠오른 문자들을 하나하나 꼼꼼히 살펴보더니 천천히 한 문장씩 읊기 시작했다.

"시간을 거스르고, 다른 육체로의 삶을 살며, 다른 세상의 존재를 불러내는 자가 되어라. 성스러운 희생을 통해 그대의 몸에 네 가지의 힘이 머무르게 된다면, 인간의 범주를 벗어나 존재 그 자체가 되리라. 이는 거룩하고 위대한 분으로 향하는 길이리……. 마지막 부분은 베르시아 교단의 기도문 같은 뉘앙스로군."

"모두들 기다려 봐요. 여기에 기록할 테니."

엘레노어는 품에서 종이를 꺼내 넓게 펼치더니 탁자 위에 놓여 있던 깃털 펜으로 레이지의 해석을 재빠르게 기록했다. 그리고 모두가 읽기 편하도록 탁자 정중앙에 놓았다. 모두 탁자 위로 몸을 내밀어 해석된 내용을 한 번씩 쓱 보더니 자리에 앉아 각자 생각에 잠겼다.

"이 석판은 교단이 앞서 파괴한 고대 유적에서 발굴한 물건으로, 아마도 이것이 교황이 추구하는 음모의 시발점일 거라 생각합니다."

"그렇게 판단하는 근거는?"

레이지의 물음에 베아트리체는 옆에 있는 가르시아를 쳐다봤다.

"전체가 아닌 이 글귀의 일부가 교단 내 금서에 기록된 바가 있어요. 무엇보다 여기에 적힌 내용 중에 특히 앞부분이 의미하는 바는……."

"시간을 거스른다는 건 시간회귀마법을, 다른 육체로서의 삶은 보나마나 영혼전이마법을 의미하겠고 다른 세상의 존재를 불러낸다는 건… 이계소환마법. 모두 서클 '0'에 해당하는 세 가지 마법을 지칭하겠군."

레이지의 말에 일행들은 모두 고개를 끄덕거렸다.

"교황이 트리플 마스터가 되려는 야망과 서클 0에 대한 강한 집착이 있다는 사실로 판단해 본다면, 베아트리체의 말대로 교황과 깊은 관련이 있다는 추측으로 쉽게 연결되는군. 성스러운 희생이라는 부분은 잘 모르겠지만, 그 뒤 바로 이어지는 네 가지의 힘은 뭔지 알겠어."

오러, 마법, 신성력, 그리고 포스.

"마지막 문장은 뭐랄까, 엄청나게 터무니없게 느껴지지만 뭘 의미하는지 알 거 같아. 거룩하고 위대한 분이라면 뻔하잖아?"

신(神).

그 단어 하나에 탁자에 둘러 앉아 있던 이들의 눈이 크게 떠졌다. 물론 석판을 가지고 온 두 사람은 이미 알고 있었다는 듯 고개만 끄덕거렸다.

"인간은 하나의 힘만 소유하는 게 일반적이야. 그래서 나나 쉐스 같은 듀얼 클래스가 귀하게 취급되잖아? 성당기사단이야 교단에서 정책적으로 육성하니 수 자체는 워락이나 세이지에 비해 많지만, 신성력 자체는 선택받은 자만이 지닐 수 있으니 엄밀히 따지면 흔치 않지. 그런데 네 가지 힘 모두를 지니게 된다면? 그건 이미 인간의 범주를 넘어선다고 볼 수 있어."

그렇다면 진짜 신이 되는 것이 불가능하다고 보긴 힘들다.

"만약 교황이 진짜 신이 되겠다는 허무맹랑한 야망을 지녔다면, 그게 진짜 실현되냐 아니냐를 떠나 시간을 되돌린 이유를 알겠어. 이 석판에서 언급된 내용이 바로 시간회귀마법이었으니까."

확실한 것 하나는, 이 세 가지 서클 '0'의 마법 중 가장 마지막에 실행될 것은 영혼전이마법임이 분명했다. 다른 두 마법과 달리 영혼전이마법을 사용한 자는 더 이상 서클 '0'의 마법을 사용할 수 없기 때문이다.

"교황이 이미 시간회귀마법을 썼다면 다음에 쓸 마법은 이계소환마법이 뻔하고, 그 뒤에 이어지는 건 영혼전이마법밖에 없는데……."

레이지는 하던 말을 멈추고 생각에 잠겼다.

영혼전이마법은 시전자의 영혼이 정착할 새 육체를 임의로 지정할 수 없다는 큰 단점을 지니고 있다. 제이워드가 레이지의 육체로 부활한 것 자체가 우연이며, 이건 마법의 제약을 거는 방식으로도 불가능하다.

순조롭게 이어지던 석판의 해석이 크나큰 벽에 막혀 진행되지 않았다.

"제이워드, 당신이 무슨 생각을 하는지 저도 잘 알아요. 저 역시 그 부분 때문에 해석을 중단했어요."

가뜩이나 페일이 무심코 건넨 말 때문에 복잡하게 뒤엉켰던 레이지의 머릿속은 더욱 혼란에 빠졌다. 더 이상 뭔가 생각하는 걸 포기하고 싶은 심정이었다.

"저희들이 할 일은 교황 안드레아가 앞으로 어떤 행보를 걸어갈지 최대한 예측해 보고 그에 대응할 방안을 모색……."

"잠깐만."

레이지는 오른손을 내밀며 베아트리체의 말을 중단시켰다.

이제까지 의식하지 못했던 무언가가 갑자기 레이지의 뇌리를 스쳐 지나갔다.

"뭔가 이상해."

"무슨 소리죠?"

레이지는 이제껏 가르시아와 베아트리체가 알려준 사실을 가능한 한 있는 그대로 받아들였지만, 지금은 달랐다.

"이 석판을 근거로 교황이 터무니없는 일을 꾸민다는 것 하나만은 잘 알겠어. 이전의 미래에서 적으로 등장했을지 모르는 제국마저 지금 시간대에선 멸망하도록 유도한 인간이니까. 하지만 말이야, 곰곰이 생각해 보니 교황이 이걸 토대로 뭔가 저질렀다고 미리 판단하고, 그 뒤에 근거로 이 석판을 찾아낸 듯한 느낌이 들어."

그들이 말하는 방식은 원인을 파악해 결과를 찾아내는 식이 아니라, 결과를 이미 알고 뒤늦게 원인을 밝혀내는 방식으로 전개되었음을 알아챘다. 동시에 무인가 자신에게 숨기고 있음을 직감했다.

"무언가 나에게 말하지 않은 진실이 숨겨져 있는 거지?"

"……."

"지금 침묵이 해결책은 되지 못해. 이대로 입을 다문다고 풀린다고 생각하지 마."

레이지는 고개를 옆으로 돌려 엘레노어를 바라보았다. 그녀는 아랫입술을 강하게 깨물며 뭔가 말하고 싶은 충동을 억누르고 있었다.

"제가 말하겠습니다."

"가르시아 경!"

"애초에 시작은 저에서 비롯되었습니다. 그리고 언젠가는 밝혀야 하는 이야기였습니다."

그는 슬픈 눈으로 레이지를 바라보았다.

레이지에게 있어서 이성 그 자체를 완전히 날려 버릴 만한 충격이었기에 일부러 말하지 않았다.

하지만 그가 의심을 품은 이상 밝혀야 했다.

"저는……."

가르시아는 고개를 천천히 숙이면서 말끝을 흐렸다. 그리고 결심을 마친 뒤 다시 입을 열었다.

"이전의 미래에 대한 기억이 남아 있습니다."

"……!"

6

크루디아 제국의 공주 샤를로트는 어릴 때부터 마법에 탁월한 재능을 선보였다. 그녀는 좁은 황실을 벗어나 더 넓고 무한한 가능성을 지닌 '마법'이라는 운명을 선택했다.

마법사의 길을 착실히 걸어가던 그녀 앞에 제이워드라는 이름을 지닌 소년이 나타났다. 이제까지 새로운 것을 익히는 데 주력하던 그녀는 제이워드를 통해 알고 있는 것을 남에게 전달하는 즐거움을 깨달았다.

그러나 그 기쁨은 오래가지 못했다.

마탑을 비워둔 사이, 제이워드는 싸늘한 시체가 되어 산 자가 갈 수 없는 머나먼 곳으로 가버렸다.

샤를로트는 제자의 무덤을 앞에 두고 피눈물을 흘리며 맹세했다.

그 어떤 고난이 자신을 막아선다 하여도 반드시 소년의 복수를 이뤄내고 말겠다는 굳은 다짐을 수백, 수천 번이 넘게 반복했다.

그로부터 오랜 시간이 흘러갔다.

샤를로트가 복수의 대상으로 지목한 자, 안드레아는 많은 이들의 목숨을 앗아갔고, 그녀만의 복수는 어느새 뜻을 함께하는 자들의 공통분모가 되었다.

그러나 그 복수가 이루어지리라 확신했던 순간.

안드레아는 시간회귀마법을 사용해서 현재를 없었던 미래

로 만들고 과거로 돌아가려고 했다. 그의 강력한 마법 앞에 샤를로트와 그녀의 동료들은 아무것도 하지 못하고 그저 시간이 되돌려지는 것을 보고만 있어야 했다.

그녀는 완성 직전의 복수가 실패하자 절망에 빠졌다.

하지만 그보다 더 슬픈 일은, 가엾게 죽어버린 제자 제이워드의 운명을 또 한 번 반복할지 모른다는 안타까움이었다. 그리고 제이워드와의 만남 자체가 사라질지 모른다는 두려움을 겪기 싫었다.

결국 그녀는 자신의 남은 힘을 모두 짜내어 단 하나의 사실만이라도 잊지 않으려고 안간힘을 썼다. 자신보다 먼저 다른 곳으로 떠나가야 하는 제이워드의 운명을 바꾸어야 한다는 사실 그 하나만을.

결국 그녀의 간절한 소망은 작은 기적을 창출해 냈다.

＊　　　　＊　　　　＊

식당 안에는 고요만이 감돌았다.

모두 가르시아의 말이 허황된 거짓말이라고 믿고 싶었다.

하지만 고통스러운 표정을 지으며 말을 이어간 가르시아에게서 그 어떤 위선도 느껴지지 않았다.

탁자 위에 올려놓은 레이지의 두 주먹이 부들부들 떨고 있었다. 이전 미래에서도, 그리고 지금 흘러가는 시간대에서도 스승과 헤어져야만 하는 운명이 연달아 닥쳤음에 형용하기 힘든 분노가 치밀어 올랐다.

"그렇다면 스승님은… 이전의 미래에서는……."

"지금과 정반내 입장에 섰습니다. 스승이 아닌 제자의 복수를 위해 냉철한 여성이 되어버렸죠."

"그러면 스승님 역시 당신처럼 이전 미래에 대한 기억이?"

"그건 확신할 수 없습니다. 하지만, 그분이 마지막 순간 저에게 불어넣은 힘 덕분에 시간회귀마법의 지배에서 벗어났다고 생각합니다."

레이지는 스승 샤를로트와 함께했던 시간들을 되새겨 보았다. 왜 자신에게 혹독한 수련을 시켰는지, 그리고 뭔가에 쫓기듯 그녀가 가진 모든 것을 물려주려 했는지 이해되기 시작했다.

"그리고 지워져 버린 미래에서 절 죽인 자는……."

"교황 안드레아, 이전의 미래에는 세이지 안드레아였습니다."

쾅!

레이지는 두 주먹으로 탁자를 강하게 내려쳤다. 두꺼운 탁자 위에 선명하게 금이 쫙 그어졌고, 그 사이로 손가락 사이로 흘러내린 피가 스며들어 갔다.

"전 어릴 적부터 전혀 본 적이 없는 곳에서 일어나는 일들을 꿈속에서 혹은 환상을 통해 보곤 했습니다. 덕분에 형은 그런 저를 매번 걱정하며 염려했지요."

"……"

"운명이었는지 모르지만, 전 예전의 미래에서와 똑같이 교단에 귀의하게 되었습니다. 베르시아님의 가호 아래, 제가 보는 환상이 치유되길 바라는 형의 권유를 따른 결과였습니다."

레이지는 고개를 푹 숙인 채 아무런 말도 하지 않았다. 그저 가르시아가 하는 말이 거짓말이기를 속으로 빌었다.

"하지만 시간이 지날수록 환상은 더욱 선명하게 제 머릿속에 떠오르며 저를 놓아주지 않았습니다. 그 환상 중 가장 많이 반복된 장면은 당신의 스승과 함께 다니던 모습이었습니다."

가르시아는 돌돌 만 종이를 꺼내더니 레이지에게 건넸다.

"이 종이 위에 그려진 얼굴, 맞습니까?"

레이지는 부들부들 떠는 손으로 종이를 펼쳤다.

목탄으로 그려진 여성의 초상화였다. 비록 세월의 흐름을 나타내는 주름살이 여기저기에 자리 잡고 있었지만, 레이지의 기억 속에 선명하게 남아 있는 스승의 이미지와 정확하게 들어맞았다.

"믿고 안 믿고는 당신의 선택에 달려 있습니다만, 전 당신의 스승을 직접 만난 적은 단 한 번도 없습니다. 단지 계속되는 환상 속에서만 봤을 뿐입니다."

"……알았습니다."

레이지의 대답에 가르시아는 자리에 앉지 않고 방문 쪽으로 천천히 걸어갔다. 다른 이들 역시 소리 내지 않도록 조심스럽게 일어나 문쪽을 향했다. 지금 레이지를 위해 해줄 수 있는 일은 혼자 있도록 자리를 피해주는 것뿐이었다.

엘레노어는 레이지에게 손을 뻗었다가 닿기 직전에 멈추고 거두어들였다. 프레드릭은 그녀를 바라보고 고개를 천천히 가로저었다.

"엘레노어님, 지금은……."

"잘 알고 있어요. 그 어떤 말을 하더라도 제이워드를 위로하긴 무리겠죠."

문이 닫히는 소리와 함께 식당 안에는 레이지 혼자만이 남았다.

"스승님……."

그가 펼쳐 든 그림 위로 물방울이 뚝뚝 떨어지기 시작했다. 감정을 추스르기 위해 아랫입술을 강하게 깨물었지만, 그림 위에 물방울 자국은 늘어나기만 했다.

턱을 타고 목을 지나 붉은색 선이 길게 이어졌다. 고통으로 모든 것을 잊어버리려고 했지만, 가슴속 깊은 곳에 자리 잡은 슬픔은 더욱 커져 갈 뿐이었다.

7

그로부터 레이지는 자신의 방 밖으로 한 걸음도 나오지 않았다. 사정을 아는 일행들은 걱정된 나머지 문을 계속 두들겼지만, 레이지는 일체 반응하지 않았다.

메이드들이 식사를 문 앞에 매끼 놔두었지만 손 한 번 댄 흔적 없이 차갑게 식어갈 뿐이었다.

그렇게 3일이라는 시간이 흘러가자 마리에타는 그를 억지로라도 끌어내야 한다며 호소했다. 하지만 엘레노어는 고개를 가로저으며 하루만 더 기다려 보자며 울먹이는 그녀를 진정시켰다.

그리고 그날 밤, 굳게 닫혀 있던 방문이 아무도 모르는 사이에 열렸다.

*   *   *

"레이지!"

마리에타는 자리에서 벌떡 일어서더니 그의 품으로 달려

들었다. 그녀는 레이지의 목에 팔을 두르고 가슴에 얼굴을 파묻고서 울먹이더니 참고 참았던 눈물을 터뜨렸다.

"흐흑……. 얼마나 걱정했는지 알아요?

레이지는 두 눈을 지그시 감았다. 두 팔이 천천히 올라와 그녀의 등을 두드리려 했지만 도로 내려왔다.

"영영 그곳에서 안 나오는 줄만 알았다고요! 전 정말 당신이……."

레이지는 천천히 눈을 뜨면서 의자 위에 앉아 있는 엘레노어를 바라보았다. 계속 훌쩍거리던 마리에타는 레이지의 반응이 예전 같지 않다는 걸 깨닫고 그로부터 떨어져 옆으로 물러섰다.

"제이워드."

"괜찮은지 물어보고 싶다는 표정이로군."

"그래, 어때?"

"솔직히 말하면 결코 괜찮다고 할 수 없어."

예전 두 번에 걸쳐 이전의 미래에 대해 알았을 때와는 확실히 다른 모습이었다. 그때는 억지로라도 괜찮다고 웃음을 보이거나 걱정을 끼쳐서 미안하다고 말했지만, 지금의 레이지는 말투나 눈빛에서 차가운 느낌만을 풍겼다.

물론 그 사실을 숨겼던 동료들에 대한 분노는 결코 아니었다. 가르시아의 이야기를 들을 때부터 그가 느낀 분노는 순수하게 교황과 교단을 향하고 있었다.

"나는… 네가 당장에라도 교단으로 쳐들어갈까 걱정뿐이었어. 복수 그 자체가 너에게 얼마나 큰 의미를 지녔는지 알고 있지만 감정에 몸을 맡겨 버리면 이제까지 해온 일이 모두 물거품이 되어버려."

"그걸 알고 있으니 내가 지금 이 자리에 있는 거야."

엘레노어는 레이지의 이성적인 대답에도 마음이 편치 않았다. 차라리 한바탕 뭔가 일을 터뜨리겠다고 나선 뒤에 저런 대답이 나왔다면 모를까, 감정을 제대로 폭발시키기도 전에 차갑게 변해 버린 레이지의 모습에 섬뜩함마저 느껴졌다.

"변한 건 하나도 없어. 단지 교황을 죽여야 하는 동기가 더욱 강하게 부여됐을 뿐이지."

'내가 가진 모든 것을 희생해서라도.'

레이지는 일부러 마지막 말을 입 밖으로 내지 않고 마음속으로 읊었다. 굳이 표현하지 않아도 그가 건넬 쪽지를 본다면 알게 될 이야기였기에.

"내가 그동안 방 안에 홀로 틀어박혔던 이유는 바로 이것 때문이야."

레이지는 주머니에 넣어왔던 쪽지를 꺼내 엘레노어에게 툭 내던졌다.

쪽지를 펼치자 손바닥만 한 종이에 룬 문자가 깨알같이 적혀 있었다. 물론 문장 자체가 완성 안 된 부분이 다수 존재해서 마법을 구현하는 주문으로 발동되긴 무리였지만, 어떤 제약을 걸었는지에 대해 조금씩 파악할 수 있었다.

"사실 마법의 제약은 너보단 그 녀석이 전문이겠지. 하지만 알다시피 완전히 신용할 수 없는 그놈에게 이걸 맡기면 어떤 일이 일어날지 몰라서 말이야."

좌에서 우로 빠르게 움직이는 걸 반복하던 엘레노어의 눈동자가 어느 순간 멈춰 섰다. 그녀는 믿을 수 없다는 표정으로 레이지를 올려다보았다.

"아마 꽤 오랜 시간이 걸릴 거야. 내가 직접 만들려고 고민해 봤지만, 지금의 나는 냉정하게 룬 문자만 떠올리며 마법을 완성하기엔 머릿속이 너무 뒤죽박죽이 되어버렸거든."

"제이워드! 너, 진심으로 이 마법을 완성시키란 말이야? 나보고?"

"그래. 미리 말해두지만 당장 그 마법을 쓸 생각은 아니다. 어디까지나 마지막에, 결정적인 순간에 내 모든 것을 담아낼 생각이다."

"넌 진짜… 잔혹해. 내가 어떤 심정일지 생각도 안 해봤어?"

엘레노어는 쪽지를 움켜쥐더니 두 손으로 얼굴을 감쌌다.

"이기적이라고 생각해도 좋아. 하지만 사라진 미래와 현재의 복수를 위해서는 이 방법밖에 없다는 결론만이 나왔어."

이전의 미래에서 안드레아는 신성력과 마법 두 분야에서 극에 도달했고, 그를 막아선 샤를로트와 그녀의 동료들을 압도적인 실력으로 제압했다.

그리고 지금 안드레아는 교황이라는 입지를 손에 넣은 것으로도 모자라 세 가지 힘을 손에 넣어 더욱 강해졌음은 불을 보듯 뻔했다. 그런 그를 언젠가 상대하게 된다면, 단지 아크 메이지의 힘이나 워락의 기술로 극복하는 건 불가능하다고 레이지는 판단했다.

"지금 당장 내 방에서 나가."

"……."

"내 말 안 들려? 당장 나가라고!"

레이지는 조금의 망설임도 없이 그녀의 방에서 나갔다. 문이 닫히자 엘레노어는 손안에 있던 쪽지를 휙 내던지더니 침대에 누웠다.

마리에타는 조심스럽게 쪽지를 주워 들고선 안에 적힌 룬 문자를 하나씩 읽어 내려갔다. 그리고 경악에 가득한 눈으로 엘레노어를 쳐다보았다.

"스승님, 이건… 맙소사……."

자세한 마법 구현 방식은 파악하기 힘들었지만, 무엇을 조건으로 내걸고 구동되는지에 대해서는 알 수 있었다.

시전자의 오러와 마법 능력, 그리고 생명력까지 모두 소모한다는 전제조건이 기록되어 있었다.

"마리에타, 난 어떻게 해야 하지?"

"스승님……."

"내가 고집을 부리며 완성시키지 않는다면 그 녀석이 직접이 마법을 만들어 버릴 게 분명해. 난 도대체 뭘 어떻게……."

8

졸다크 왕국과 케이서스 공화국 간의 비밀 협약을 체결하기로 한 장소는 두 나라의 국경선 근처였다.

한때는 양 국가의 병사들이 치열하게 혈전을 벌이며 밀고 밀리는 공방전을 치르던 곳이었지만, 지금은 전쟁의 흔적이라곤 찾아볼 수 없는 평원에 불과했다.

레스톤은 데리고 온 50명의 호위병을 대기시키곤 약속 장소로 지정된 막사 안으로 걸어 들어갔다.

막사 가운데에 놓인 탁자에 미리 기다리고 있던 나르디안은 오른손 위에 턱을 올려놓은 채로 레스톤을 비스듬히 바라보았다.

"나르디안, 당신이 직접 이 자리에 나올 줄은 몰랐는데?"

"내가?"

"반란 진압에 바쁠 거라 생각했는데… 아니었나?"

레스톤이 입수한 정보에 의하면, 케이서스 공화국 곳곳에서 발생한 반란이 나르디안을 궁지로 몰아붙였으며, 이에 그녀가 직접 진압에 나섰다고 알려졌다.

"그깟 반란 정도야 짓밟아준 지 오래다."

"호오, 벌써? 과연, 대륙 전쟁의 영웅답군."

레스톤의 비꼬는 말투에 나르디안은 분노도 비웃음도 보이지 않았다. 그녀는 탁자 위에 놓인 한 장의 문서를 레스톤을 향해 스윽 밀었다.

"내용은 읽어보았나? 우리 쪽에서 보면 큰 손실이지만 대의를 위해서 눈물을 머금고 크게 양보했음을 잊지 말았으면 한다."

레스톤은 대륙 전쟁으로 얻은 영토의 반을 케이서스 공화국에 넘기겠다는, 그가 생각하기에 파격적인 제안을 내밀었다.

"어차피 피차 입장이 곤란하기는 마찬가지 아닌가? 그동안 두 국가 간의 감정은 우선 잊고 서로 공생하는 길로 걸어가보자고."

"공생?"

나르디안의 입꼬리가 살짝 올라갔다.

그녀는 턱짓으로 문서를 가리켰다. 레스톤은 노골적으로 인상을 찌푸렸지만, 상대의 무례한 행동에 일일이 화를 낼 입장이 아니었다.

"뭐야? 이건!"

쾅!

레스톤은 벌떡 일어서더니 두 손으로 탁자를 강하게 내려쳤다.

"조건이 맘에 들지 않나?"

나르디안은 태연하게 고개를 살짝 기울이며 레스톤의 반응을 즐겼다.

그녀는 레스톤이 먼저 제안했던 영토 분할 부분을 문서에서 삭제한 뒤, 새로운 문장을 집어넣었다.

'제시하는 조건은 단 하나, 졸다크 왕국의 멸망.'

레스톤은 순간 허리에 찬 검을 뽑아 들려고 검자루에 오른손을 가져갔다. 하지만 나르디안과 시선이 교차되는 순간, 공포에 사로잡히며 몸이 굳어버렸다.

핏빛으로 변해 버린 눈동자를 보는 것만으로도 식은땀이 주르륵 흘러내렸다. 피부 밑에서 모습을 드러낸 붉은색 혈관이 그녀의 얼굴을 뒤덮기 시작하자 레스톤은 생명의 위협마저 느꼈다.

"이, 이것 봐⋯⋯. 왜 그래? 우리들은 같은 배를 탄 운명이라고. 순간적인 감정에 욱하지 말고 현명하게 판단해야지. 안 그래?"

레스톤의 입에서 흘러나오는 목소리는 심하게 떨렸다.

자신이 졸다크의 왕에서 물러날 수 없는 것처럼, 그녀 역시 지금 쥐고 있는 권력을 위해서라도 손을 잡을 거라는 기대에 마지막 희망의 끈을 놓지 않았다.

"몇 년 전 일어났던 케이서스 공화국 내의 숙청을 기억하고 있겠지?"

"그, 그게 뭐지?"

레스톤은 애써 모르는 척했지만, 그녀의 눈은 이미 그의 마음속을 꿰뚫어보고 있었다.

"단지 공화국 내부 세력 간의 견제 때문만은 아니었지. 졸다크 왕국의 누군가가 살짝 개입했다는 사실을 내가 모를 거라 생각하진 않겠지?"

"나는 모르는 일이다!"

"진짜로?"

나르디안이 자리에서 일어서자 레스톤은 놀란 나머지 엉덩방아를 찧었다.

"그, 그래! 내 부하들이 한 짓일 거다! 난 아무것도 몰라! 그 놈들이 제멋대로 충성심을 발휘해서…… 아악!"

나르디안은 오른손을 내밀더니 레스톤의 얼굴을 움켜쥐고

천천히 위로 들어 올렸다. 레스톤은 벗어나기 위해 발버둥 쳤지만 피부를 찢어발기며 살 안쪽으로 파고드는 그녀의 손톱에서 빠져나올 수 없었다.

"뭣들 하느냐! 나…… 날 구해라!"

그는 막사 밖에서 대기 중인 병사들을 불렀지만, 대답하는 자는 아무도 없었다.

"사, 살려줘! 이, 이렇게 죽을 수는 없…… 으아아악!"

레스톤의 얼굴은 어느새 피범벅이 되어버렸고, 두 눈에서 흘러내리는 눈물은 멈출 줄 몰랐다. 그러자 나르디안은 손에서 힘을 살짝 뺐다.

"시, 시키는 일이라면 뭐든지 하겠어! 같이 손을 잡는다면 뭐든지 내놓을 수 있다고!"

"그래?"

"와, 왕이 되고 싶나? 그렇다면 내 기꺼이 양보하도록 하지! 그리고……."

우두둑!

순간 무언가 부서지는 소리와 함께 레스톤의 두 팔이 아래로 죽 처졌다.

"그렇게 나와 손을 잡고 싶다면…… 응해주도록 하지."

나르디안이 오른손의 힘을 빼자 레스톤의 시체가 땅바닥에 툭 떨어졌다.

"하지만 나는 살아 있는 인간과는 손을 잡지 않아. 언제 어디에서 배신할지 모르기 때문이지. 내가 그래 왔던 것처럼."

그녀가 원한 것은 단 하나.

세상의 파멸을 위해 절대 배신하지 않을, 죽은 자들뿐이었다.

"졸다크 왕국의 왕이여, 기뻐해도 좋다. 이젠 나와 손을 잡을 자격이 충분하니까."

Chapter 70
죽음의 군대

1

발렌시아 왕국과 졸다크 왕국과의 전쟁이 시작된 지 3개월째가 되자, 전황은 의외의 국면으로 들어섰다.

초반의 열세를 극복하고 승승장구하던 발렌시아 왕국군은 전혀 예상 못한 변수로 인해 국경선을 넘어서지 못하고 적 병력을 자국 영토 밖으로 몰아낸 것에 만족해야 했다. 이는 발렌시아의 새로운 희망으로 떠오른 그랜드 마스터 마키스가 이끄는 부대도 마찬가지였다.

"가지고 온 기름을 남김없이 뿌려라!"

발렌시아 왕국군 병사들은 반나절 동안 치른 전투의 승리

를 만끽할 여유 없이, 아군과 적군의 시체가 서로 뒤엉킨 벌
판 위를 분주하게 움직였다.

그들은 수백여 개에 달하는 기름통의 마개를 열고 시체 위
에 마구 뿌렸다. 그리고 잽싸게 뒤로 물러섰다.

화르르륵!

횃불을 갖다대자 기름에 옮겨 붙은 불길이 위로 확 피어오
르더니 빠르게 주변으로 퍼져 나갔다. 살이 타들어가는 고약
한 냄새에 병사들은 코를 틀어막았다. 아직 전쟁 경험이 적은
일부 어린 병사들은 나무를 붙잡고 정신없이 구역질을 반복
했다.

"······."

마키스는 쥐고 있던 검을 땅바닥에 수직으로 꽂은 뒤, 불타
오르는 전장을 바라보며 성호를 그었다. 아군의 시체를 거두
어 매장해 주기는커녕 급하게 불태워야 했기에, 이런 식으로
나마 예를 표할 수밖에 없었다.

지금으로부터 보름 전, 발렌시아 왕국 남서쪽에 주둔하고
있는 부대로부터 믿기 힘든 보고가 들어왔다.

전투가 끝난 뒤 방치된 적군의 시체가 하룻밤이 지나자 살
아 움직이면서 아군을 공격했다는 내용이었다.

당연히 마키스는 그 보고에 의문을 품었고 졸다크 왕국 측
에서 마법사들을 동원해 환상을 보여준 것이라 추측했다. 실

제 대륙 전쟁 당시 이런 식의 간접적인 공격은 일반 병사들에게 유효하게 먹힌 적이 몇 번 있었다.

하지만 그 뒤 다른 지역에서 전쟁을 벌이고 있는 부대로부터도 똑같은 보고가 전달되면서 분위기는 이상한 쪽으로 흘러가기 시작했다. 결국엔 마키스가 이끄는 부대에서도 똑같은 일이 발생했다.

"모두 후퇴할 준비를 마쳤습니다!"

부관의 보고에도 마키스는 여전히 불타오르는 벌판만을 바라보는 중이었다.

그는 5일 전에 이겼던 전투 후, 밤에 일어났던 참혹한 장면이 아직도 뇌리에서 떠나질 않았다. 승리를 만끽하고 막사에서 곤히 잠들어 있던 병사들을 죽은 적 병사들이 덮쳤다. 여기저기서 비명과 신음 소리가 메아리처럼 울려 퍼졌고, 마키스는 남은 병사들을 이끌고 새롭게 나타난 적을 간신히 물리쳤다.

날이 밝자 피부가 회색으로 변한 적 병사들의 시체와 아군 시체가 뒤엉킨 본진은 지옥이나 다름없었다. 결국 마키스는 이유를 알 순 없지만, 죽은 자들이 되살아났다는 결론을 내리고 시체 자체를 아예 불태워 버리는 극단적인 방법을 취했다.

그 후로 병사들 사이에 퍼진 소문은 '계속된 살육만을 반복하는 인간들에게 내린 신의 벌'이라는 내용이었다. 계속된 승리에도 불구하고 병사들의 사기는 당연히 급감했고, 그때의 악몽을 떠올리며 자다가 깨는 이들이 속출했다.

'도대체 이 전쟁은 어디로 흘러가고 있는 거지?'

2

졸다크 왕국은 20여 년간 지속되었던 대륙 전쟁 속에서도 평화를 누리며 번영하던 국가였다.

그런 졸다크 왕국의 수도 소르빈느 성 안은 죽음만이 감돌았다. 케이서스 공화국의 나르디안이 이끌고 온 '정체불명의 병사'들은 아름답기로 소문났던 이곳을 피와 죽음만이 존재하는 지옥으로 만들어 버렸다.

이미 부패하기 시작한 시체 위에 까마귀들이 떼를 지어 날아와 뼈에 남은 살점을 뜯어먹고 있었다. 성 주변을 둘러싼 해자 안에는 익사한 시체들이 가라앉았고, 물 대신 붉은색의 피로 가득 차버렸다.

그 어떤 인간도 살아남지 못한 죽음의 공간에 거대한 마법진이 모습을 드러냈다. 보라색 빛과 함께 나타난 마법사 바르가스는 코끝을 찌르는 썩은 내에 냉큼 입과 코를 틀어막았다.

"정말 화려하게 한판 치렀구먼."

그는 얼마 전까지만 하더라도 아름답게 피어난 꽃들의 향기로 가득했던 정원을 가로질러 정문 쪽으로 걸음을 옮겼다. 다양한 색의 꽃잎은 오직 붉은색 하나만으로 물들어 버렸고 향기 대신 피비린내만이 진동했다.

걸어가면서 살아 있는 자들은 단 한 명도 보이지 않았다. 차이점이라면 시체가 아직 썩었냐 안 썩었냐의 차이뿐이었다. 하지만 바르가스에겐 죽었다는 그 사실 하나만이 중요했다.

"그러면 여기에서 판을 벌여볼까?"

그는 작은 유리병을 꺼내더니 마개를 열고 팔을 휘둘러 땅바닥에 뿌렸다. 그리고 주문을 외우자 두 개의 마법진이 연달아 그를 중심으로 형성되어 천천히 가라앉았다.

방금 전 뿌렸던 붉은 액체가 한데 모여 꿈틀거리더니 얇지만 넓게 퍼져 갔다. 그리고 주변에 시체들을 뒤덮기 시작했다.

"이제 하루 정도만 지나면 이곳도 진정한 지옥으로 변하겠군."

그는 지난번 나르디안에게 시험해 봤던 약물의 성능이 기대 이상이라는 점에 착안해, 기존에 연구와 개발을 거듭했던 사자부활마법과의 연계를 시도해 봤다. 거기에 덧붙여, 거의 살아 있을 때와 똑같이 부활시킨 아들 페일의 경우와 하루당 움직일 수 있는 시간을 대폭 늘린 대신 총 수명을 짧게 설정한 세리타의 사례는 사자부활마법을 다양하게 변형시키는 데 큰 참고가 되었다.

그 성과는 엄청났다. 마나를 이용한 기존 방식에 비해 훨씬 많은 시체들을 부활시킬 수 있었다. 게다가 이제까지는 살아 있을 때의 기억이나 행동 방식을 조금이라도 구현하려던 고집을 버리고, 그저 살아 있는 자들에게 공격하도록 명령 하나만을 주입시켰음에도 약물의 영향으로 엄청난 공격력을 발휘하는 데 성공했다.

"덕분에 난 이걸 얻을 수 있었지. 후후후……."

그는 허리에 차고 있던 마법서를 손바닥으로 어루만졌다. 아들을 통해 알게 된 서클 '0'의 마법, 영혼전이마법의 주문식을 교황으로부터 얻어낸 기쁨 때문이었다.

자신이 개발해 낸 전혀 새로운 타입의 사자부활마법을 교황에게 알려주는 대가로 얻어내긴 했지만, 전혀 아깝지 않았다. 오히려 자신이 언제 죽더라도 다른 육체로 새 삶을 시작할 수 있다는 기대감만으로도 충분하게 보답받은 셈이었다.

"그나저나, 그 교황의 속셈은 도무지 모르겠어. 이곳 말고도 다른 곳에도 무차별적으로 시도하던데……. 대륙 전체를 지옥으로 만들 생각인가?"

그에게 있어서 선악의 구별은 아무런 의미도 지니지 못한다. 단지 교황이라는 자리에 올라섰으면서도 왜 구태여 이런

'쇼'를 벌이는지 순수하게 궁금할 따름이었다.

3

베르시아 신성력 1394년 7월 2일.

"죽음의 군대?"

레이지는 쥴리앙이 건네준 발렌시아 왕국 내 전황보고서를 읽던 중 단 한 번도 본 적이 없는 단어를 자신도 모르게 읊었다.

"역시 너도 그 부분에서 멈췄구나."

쥴리앙은 콧수염을 매만지며 김이 모락모락 피어오르는 찻잔을 집어 들었다.

"나도 솔직히 믿기지 않거든? 그런데 네가 보내준 마키스 경까지 같은 보고를 올리니 진짜라고 믿을 수밖에 없더라."

"이건 사자부활마법을 대규모로 시전한 것이나 마찬가지잖아. 바르가스, 그 인간이 벌써 이렇게나 발전시켰던가?"

이에 대한 가장 쉬운 대답을 줄 사람은 엘레노어였지만, 지난번 그 일 이후로 서로 각자의 방에 틀어박혀 나오지 않는 상태다.

"내가 엘레노어에게 대신 물어봐 줄까?"

여자에 관련된 일이라면 최고의 눈치를 발휘하는 쥴리앙의 제안을 레이지는 고개를 저으며 거절했다.

"어차피 그녀에게 물어봤자 어떤 식으로 구현되었는지는 알기 힘들어. 요는 이 죽음의 군대가 어디까지 퍼졌느냐가 중요하지."

레이지는 두터운 분량의 보고서 중 한 장을 뜯어내 탁자 위에 올려놓았다. 주로 졸다크 왕국과 발렌시아 왕국간의 격전지에 집중적으로 표시된 붉은색 동그라미들을 손가락으로 그으며 죽 따라갔다.

"이상하군."

"뭐가?"

"소위 죽음의 군대라 지칭되는 자들이 출현하는 지역 사이에 케이서스 공화국과 교황령이 끼어 있어. 이 지역에선 별 문제 없었고?"

"케이서스 공화국은 몰라도 교황령에 함부로 병력을 보냈다간 교단에게 선전포고하는 꼴이잖아? 정찰병을 보내야 하긴 하는데… 마땅한 인재가 없어."

지난번 벨라가 부상을 이유로 첩보 활동에서 물러나자 발렌시아 왕국의 정보력은 상당한 타격을 입었다. 그런 의미에서 와이번 라이더를 소유한 페르디어스 왕국과의 동맹은 약점을 보완하는 절호의 기회이기도 했다.

"한 가지 확실한 건 이번 일에도 역시 교단이 개입되었을 가능성이 크다는 거야. 단지 그걸 알면서도 적극적으로 교단과 맞설 수 없는 지금의 입장이 참으로 난처해."

교황이 직접 자신의 야욕을 드러내기 전까진 어떻게든 참아야 한다. 지난번 그 이야기를 들은 이후로 레이지는 최대한 인내심을 발휘하지 않으면 하루에 몇 번이나 찾아오는 충동을 버티기 힘들었다.

'진정한 복수를 이루기 위해선 분노 그 자체를 거부해 봤자 이성만 잃을 뿐이야. 침착해야 해.'

"제이워드, 너 왠지 모르게 변한 거 같다."

"……"

"미친 개 소리 듣던 때로 돌아왔나 싶었나 하면 갑자기 차갑게 느껴져. 요즘 엘레노어하고 사이가 벌어진 것과 관련있는 거 맞지? 그렇지?"

"지금은 말하기 곤란해. 나중에 모두 해결되면 그때 말할 예정이야."

"어떤 사정인지 네가 입을 안 여니 나야 뭐라 말하기 힘들지만, 우선은 움직이는 게 어때?"

"그러고 보니 어느새 이곳에 머문 지도 거의 한 달 가까이 되어가는군. 그동안 비공정의 수리도 마쳤고, 보급도 충분히 이뤄졌으니… 떠날 때가 되긴 했어."

4

레이지는 식당에 승무원 전원을 소집시킨 뒤에 출발 의사를 밝혔다. 엘레노어는 말없이 고개를 끄덕이며 동의한 뒤 함장실로 떠났다. 사실 레이지가 말하지 않았다면 그녀 쪽에서 먼저 출발시킬 계획이었다. 단지 레이지 본인이 떠날 의지를 보일 때까지 기다렸던 것이다.

모든 준비는 끝난 지 오래였고, 그동안 신세를 진 페르디어스 왕국 측에 통보만이 남은 상태였다. 레이지는 직접 헬레이나 3세의 막사로 찾아가 약속했던 병력 지원을 요청했다.

레이지와 헬레이나 3세 두 사람 간의 이야기가 진행되는 도중에 누군가가 막사 안으로 들어왔다.

"……진지하게 말씀드리지만, 다시 한 번 생각해 보시기를 바랍니다."

"어머님과 이야기를 충분히 나눈 후 내린 결론이에요."

트레이지아는 레이지의 만류에도 뜻을 굽히지 않았다.

"얼마 전 오라버니의 부하였던 자들이 투항했다는 사실은 알고 계신가요? 그들이 알려준 사실을 이대로 묵과할 수는 없습니다."

"저도 익히 들어 알고 있습니다."

드래곤을 소환시켜 놓고 무책임하게 도망가 버린 팰컨이 정착한 곳은 다름 아닌 베르시아 교단이었다.

교황 안드레아는 성지 바르디아의 대성당에서 팰컨에게 직접 세례를 베풀며 교단에 귀의했음을 공표했다. 한때 어둠에 빠져 그릇된 길을 걸어간 팰컨의 죄를 자신이 대신 거두어들이겠다는 말과 함께 그가 데리고 온 50여 기의 와이번 라이더 역시 교단의 성직자로 임명되었다.

이는 페르디어스 왕국에 대한 도발이나 다름없었다. 그렇다고 와이번 라이더들이 단독으로 움직이기엔 곤란한 입장이다. 얼마 전까지만 하더라도 베릭쿠스의 일원으로 하늘에서 내려오는 공포로 주변 국가들에게 인식되었기에.

"저를 데리고 가주십시오. 베릭쿠스와 결별했음을 알리기 위해서라도 공주인 제가 가야 합니다. 안 그렇습니까?"

"앞으로 그 어떤 고난이 닥칠지 저도 예상하기 힘듭니다. 공주님의 안전 역시 보장해 드리기 힘듭니다."

"그런 식으로 따지면 레이지님은 예전부터 발렌시아 왕국의 오를레앙님과 함께하시지 않았습니까?"

레이지는 더 이상 트레이지아를 설득하는 게 불가능하다고 판단했다.

"그러면 공주님께 비공정에 합류할 30여 기의 와이번 라이더를 이끄는 중책을 맡기겠습니다. 잘 부탁드립니다."

"저야말로요"

*　　　　*　　　　*

그로부터 3시간 뒤, 비공정 콜드란세호는 소르빈느 성터 위로 높이 솟아올랐다. 자신들을 위기에서 구해준 비공정을 향해 수많은 페르디어스의 국민들이 손을 흔들며 앞으로의 비행이 무사히 진행되기를 축복해 주었다.

비행경로를 서북쪽으로 결정하고 빠른 속도로 전진하는 비공정의 좌우에 20여 기의 와이번 라이더가 호위를 하며 같이 따라갔다. 그들은 언제 다시 나타날지 모르는 팰컨 왕자의 부하들을 경계하며 비공정 주변을 순회했다.

레이지는 그들을 갑판 위에서 올려다보며 오래간만에 미소를 지었다. 트레이지아 공주의 구출을 위해 합류했던 인원보다 적은 수였지만, 현존하는 포스 유저 중 최강임을 지난 드래곤과의 전투에서 입증한 트레이지아 공주의 합류로 병력의 질 자체는 엄청나게 상승했다. 특히 탁월한 정찰 능력을 지닌 공주의 부관 레니 역시 이번에도 동행했기에 기동성이라는 이점을 여전히 보유할 수 있었다.

더군다나 그동안 레이지 일행과 별개로 행동하던 가르시아와 베아트리체의 합류는 그에게 큰 힘이 되었다. 어느새 그를 따르는 이들의 힘은 대륙 전쟁 당시 제이워드가 이끌었던 돌격부대를, 규모만 제외한다면 훨씬 능가했다. 무엇보다 오러와 마법 두 가지 힘을 소유하게 된 레이지는 이전의 제이워드에 비해 월등하게 강해졌다.

'그야말로 무적의 부대가 탄생했어. 교황이 이끄는 베르시아 교단을 제외한다면 지려야 질 수도 없게 되었군.'

현재 그의 목표는 대륙을 조금씩 뒤덮고 있는 '죽음의 군대'의 소멸이었다. 마키스가 이끄는 발렌시아 왕국군이 버티며 죽음의 군대가 진군하는 걸 저지하는 중이지만, 사자부활 마법으로 되살아난 이들을 이끄는 자가 분명히 있다는 판단 아래 케이서스 공화국과 졸다크 왕국을 순서대로 돌아보기로 결정했다.

5

페르디어스 왕국을 떠난 지 일주일이 지나자 비공정은 케이서스 공화국의 국경선을 넘어 수도 바르시어스에 접근 중이었다.

타다다닥.

함장실 안은 감시망을 조작 중인 메이드들이 제어판을 두들기는 소리만이 울려 퍼졌다. 그 중 유일한 청일점인 페일은 열 손가락을 재빠르게 움직이며 다섯 개의 제어판을 동시에 조작 중이었다. 커다란 전광판에는 무수한 검은색 점들이 반짝거리며 감시망에 감지되었음을 알렸다.

"페일, 지상을 비춰주세요."

"잠시만 기다려 봐. 먼 거리라 좀 시간이 걸려."

"예상되는 시간은?"

"그런 거 일일이 보고하는 성격, 아니라는 거 잘 알잖아?"

10분 넘게 쉬지 않고 제어판을 두드린 그는 제어판에서 잠시 손을 뗐다. 그는 물을 한 잔 들이켜며 숨을 고르더니 거의 마비 직전까지 이른 두 손을 깍지 끼고서 손바닥이 앞을 향하도록 두 팔을 길게 뻗었다. 그리고 다시 제어판의 룬 문자들을 빠르게 두들기기 시작했다.

"좋았어! 출력한다!"

그가 오른손 중지로 정가운데의 제어판을 툭 건드리자 회색으로 변한 피부를 지닌 인간들이 떼를 지어 서 있는 모습이 전광판을 통해 비춰졌다.

함장실 안에 있는 이들 모두 전광판 앞에 몰려들었다. 그리고 말로만 듣던 죽음의 군대의 실체를 두 눈으로 목격하고선 놀람을 감추지 못했다.

"저것이 그 소문의…… 죽음의 군대인가요?"

"엄청난 수로군. 보기만 해도 질릴 정도야."

"웬만한 실력자가 아니라면 겁을 집어먹고 도망치기 급급하겠군요."

모두 각자가 느낀 바를 한마디씩 내던지는 와중에 가르시아는 전광판을 가득 메운 사자(死者)들에게서 동질감을 느꼈다.

"가르시아 경, 뭔가 알고 있다면 말씀하세요."

엘레노어의 말에 모두의 시선이 전광판에서 가르시아로 옮겨졌다.

"저렇게 피로 눈동자가 물들어 버린 자들이라면, 저와 똑같은 운명을 억지로 부여받았을지도 모릅니다."

"설마, 마나의 폭주로 인한?"

"어떤 방식으로 그 힘을 부여했는지 저도 알지 못합니다. 직접 내려가 그들을 상대해 봐야 확실해지겠지만……."

블러디 나이트인 그가 지닌 힘은, 마나의 컨트롤 실패로 인한 폭주를 극복함과 동시에 이성의 파괴를 불굴의 인내심으로 극복한 결과 얻었다.

그 과정에서 보통 인간이라면 미쳐 버리고도 남을 고통이 수반되지만, 이미 죽어 그 어떤 괴로움도 느끼지 못한다면 별다른 수고 없이 그 '힘'만을 획득하는 일이 가능해진다. 물론 이론상으로 말이다.

가르시아의 설명에 함장실 안은 혼란에 빠졌다. 그 와중에도 페일은 계속해서 제어판을 조작하는 데 전념했고, 레이지는 차가운 눈으로 전광판을 주시했다.

"여기야! 이곳에서 강한 힘이 포착되었어!"

전광판은 방금 전까지 출력했던 죽음의 군대 대신 음산한 분위기를 풍기는 대통령 관저를 위에서 내려다보는 각도로 비췄다. 그리고 그 관저의 정중앙에서 붉은색 원이 반짝거리며 누군가가 있음을 알렸다.

6

케이서스 공화국과 졸다크 왕국, 두 국가를 죽은 자만을 위한 나라로 바꾸어 버린 나르디안은 관저 정중앙에 위치한 널찍한 회의실에 홀로 서 있었다.

100명이 한꺼번에 앉을 수 있는 기다란 직사각형의 탁자 북쪽에는 두 개의 자리만이 놓여 있었다.

하나는 졸다크 왕국의 소르빈느 성에서 직접 가지고 온 왕좌였다. 다른 하나는 케이서스 공화국의 대통령만이 앉을 수 있는 좌석으로, 통나무를 정교하게 조각한 뒤 금박 문양을 입혀 화려함을 부여했다.

각각 가장 높은 곳에 위치한 자만이 앉을 수 있는 권리가 허락된 두 자리는 붉은색 핏자국이 선명하게 남아 있었다.

"드디어······ 완성시켰어."

나르디안이 그토록 원했던 두 국가의 소멸은 많은 이들의 죽음을 근간으로 완성되었다. 한때 영웅으로 불리던 나르디안의 운명은 그녀를 덮친 잔인한 비극으로 인해 완전히 뒤바뀌었다. 그녀는 두 눈을 감고서 그때 있었던 일을 머릿속에 떠올렸다.

＊　　＊　　＊

「······.」

침대에서 눈을 뜬 나르디안은 멍하니 천장을 응시했다.

「결국 난 죽지 않았구나.」

구국의 영웅에서 국가의 반역자로.

전날 진행되었던 재판이 끝나기 전까지 그녀의 죽음은 운명이나 마찬가지였다. 하지만 그녀의 아버지 레이커스가 모든 누명을 뒤집어쓰면서 간신히 딸만은 구해냈다.

하지만 그가 치러야 하는 대가는 너무나 컸다.

레이커스의 잘려 나간 머리가 사형대 아래로 굴러떨어지는 순간, 그녀의 시야는 핏빛으로 점철되면서 모든 것을 지워버렸다. 그리고 두 눈이 감기면서 어둠 속에 빠져들었다.

다시 눈을 뜬 그녀는 극심한 고통을 느끼며 이불을 걷어냈다. 허벅지 안쪽에서 시작된 핏자국이 침대보 위로 선명하게 이어졌다.

제국과 맞서 싸우며 살육이라는 이름의 파괴만을 추구했던 그녀에게 임신이란 단어는 처음으로 이루어낸 창조였다. 그러나 지금 그녀의 눈에 들어오는 붉은색 피는 소멸을 의미했다.

문 너머에서 노크 소리가 들려왔고, 그녀의 동료이자 새롭게 태어날 생명의 아버지가 될 뻔 했던 베른이 모습을 드러냈다.

「나르디안, 우리들의 아이는 이미…….」

「베른, 더 이상 아무 말도 하지 말아요.」

이제까지 단 한 번도 느껴본 적이 없었던, 깊이를 알 수 없는 슬픔이 그녀를 휘감았다.

「그 아이는 어디 있죠?」

「나르디안, 이미 늦었다.」

「부탁이에요. 보고 싶어요. 제발… 보여 주세요. 마지막으로 딱 한 번만이라도…….」

그녀는 고개를 숙이고서 같은 말만은 되풀이했다.

베른은 표정 변화 없이 밖으로 나가더니 손바닥 안에 들어오는 조그마한 상자를 가지고 들어왔다.

상자를 건네받은 나르디안은 뚜껑을 열고 비단 보자기에

감싸여 있던 핏덩어리를 손바닥 위에 올려놓았다.

「사랑스러운 내 아가…….」

그녀는 결국 참았던 눈물을 터뜨리고 흐느끼기 시작했다.

눈물은 어느새 웃음으로 뒤바뀌었다. 이대로 편하게 미쳐 버리고 싶었다.

그러나 가장 마지막으로 찾아온 '분노'는 그녀의 이성과 감성을 모두 지배해 버렸다. 다시는 아이를 가질 수 없게 된 나르디안은 분노를 받아들이며 앞으로 해야 하는 일이 무엇인지 절실히 깨달았다.

*   *   *

나르디안은 감았던 눈을 뜨며 회상에서 벗어났다.

끝이 보이지 않는 분노의 소용돌이 속에 빠진 그녀가 선택한 것은 창조와 정반대편에 선 파괴였다.

그로부터 그녀는 자신에게 슬픔을 안긴 자들과 스스로 판단할 줄 모르고 우둔하기만 한 인간들을 증오하며 칼날을 갈았다. 그런 나르디안에게 교황이 찾아왔고, 그녀가 원하는 파괴를 맘껏 누리게 해주겠다며 약속했다. 그리고 그 파괴의 시작은 대륙 전쟁 당시 함께 싸웠던 동료 제이워드의 암살이었다.

"하지만 여전히 시작에 불과할 뿐이야. 그때나 지금이나."

그녀는 자신의 힘으로 일구었던 대륙의 평화를 스스로의 손으로 절망이라는 이름의 피로 덧바른 뒤 다시는 찾을 수 없게 지워 버렸다.

그러나 피를 그냥 놔둔다면 말라붙은 뒤 가루가 되어 부서져 내린다. 계속해서 새로운 피로 덧칠하고 바르기를 반복해야 평화라는 단어를 감출 수 있다.

그녀는 새로운 '피'가 될 이들이 자신을 찾아오기만을 기다리는 중이었다. 대지에 넓게 퍼진 피비린내는 그것을 위한 미끼였다.

"너희들이 올 때까지 난 계속해서 기다릴 것이다. 그리고 새로운 피를 얻어 대지 위에 바르고 뿌려서 영원히 지워지지 않는 절망으로 만들겠어."

Chapter 71
끝이 아닌 시작

1

베르시아 신성력 1394년 7월 10일.

케이서스 공화국의 대통령 관저 위에 거대한 그림자가 드리워졌다. 비공정은 천천히 고도를 낮추더니 지상으로부터 10미터 되는 높이에서 멈춰 섰다.

"비공정 콜드란세호, 비행 모드에서 부유 모드로 전환, 성공했습니다!"

"현재 관저 내에 존재하는 생명체의 수는 하나뿐입니다!"

단 한 명이라는 보고와는 달리 전광판에 비춰진 대통령 관저 입구에만 최소 20여 명에 달하는 병사가 서 있었다.

메이드들의 보고가 연달아 이어졌지만 정작 함장인 엘레노어는 함장석에 앉아 침묵만을 지켰다. 이는 레이지도 마찬가지였다. 하지만 유일한 생명체가 누구인지 두 사람 모두 파악한 후였다. 크루디아 제국과 맞서 싸웠던 동료였으며 현재는 베릭쿠스를 이끄는 자들 중 한 명인 나르디안이었다.

"레이지, 언제까지 입을 다물 작정이야?"

지난번 그와 말다툼 이후 처음으로 엘레노어가 먼저 말을 걸었다.

"이대로 가만히 시간이 지나간다고 해서 바뀌는 건 하나도 없어. 관저 안에 있는 '그녀'를 공격하든가, 아니면 물러나든가 둘 중 하나를 택하도록 해."

"알겠습니다."

제이워드 본인이 아닌 제이워드의 제자로서 대답한 레이지는 죽음의 군대와 가장 관련이 깊은 가르시아 쪽으로 몸을 돌렸다.

"가르시아 경, 저 안에 있을 누군가가 이번 사태를 일으킨 원인이라고 생각합니까?"

"저와 똑같은 힘을 지녔다는 것 외엔 뭐라 확신해 말하기 힘듭니다."

"그렇다면 본인에게 직접 물어보도록 하겠습니다."

레이지는 함장실 안을 천천히 걸어가며 이번 전투에 참여
할 사람들과 시선을 교환했다

"네 분들, 저와 함께 가주십시오."

그들은 다름 아닌 엘레노어와 프레드릭, 그리고 가르시아
와 베아트리체였다. 가르시아를 제외하고는 모두 '그녀'와
직접 관련이 있는 자들이었다.

2

엘레노어의 부유 마법으로 레이지를 포함한 다섯 명은 비
공정 아래로 천천히 내려갔다.

그들이 지면에 발을 디디자 단지 서 있기만 할 뿐, 돌처럼
굳어 움직이지 않았던 시체들이 하나둘씩 움직이기 시작했
다.

"하아앗!"

프레드릭이 두 주먹을 움켜쥐고 오러를 내뿜자 가까이 있
던 시체들이 튕겨 나가듯 뒤로 밀려 나가더니 우수수 쓰러졌
다. 하지만 이내 도로 일어나더니 떨어뜨렸던 무기를 주워 들
었다. 팔이 날아가고 얼굴 반쪽이 일그러졌음에도 그들의 입
에선 신음이나 비명 소리는 조금도 흘러나오지 않았다.

"진짜 말 그대로 죽음의 군대로군."

레이지는 무덤덤한 반응을 보인 후 주문을 읊었다.

같이 따라온 마리에타 역시 그의 옆에서 나란히 마법을 시작하자 두 개의 마법진이 가로로 나란히 배열되었다.

레이지는 자세를 낮추더니 오른손을 땅바닥에 대었다.

"……라 바스(불타올라라)."

화르르륵!

그러자 손을 휘감은 불길이 땅속으로 흡수되듯 사라졌다. 그러나 이내 그의 주변으로 다시 솟아오르더니 지면을 타고 빠르게 뻗어나갔다. 그에게 다가오던 시체들의 발밑에서 머리끝까지 불타올랐고, 이내 회색의 재로 변해 땅바닥 위에 우수수 쏟아졌다.

"……페 바스(바람이여, 휘몰아쳐라)!"

휘이이잉!

이번에는 엘레노어의 마법이 강렬한 바람을 불러일으키며 관저 대문 부근을 휘감았다. 재가 공중으로 산산이 흩어졌고 운 좋게 불에 타지 않은 시체들의 몸이 날카로운 칼에 난자되어 갈가리 찢겼다. 살아 있는 자들이라면 외쳤을 비명 소리나 흘러나왔을 핏줄기는 조금도 보이지 않았다.

그들이 지닌 마법 실력에 비해 그리 강한 마법은 아니었다. 하지만 서로 미리 말을 맞춰둔 것처럼 순서대로 마법이 구현되며 근방에 있었던 수십여 구의 시체가 흔적도 없이 사라졌다. 제국 전쟁 당시 크루디아 제국군을 공포로 몰아붙였던 둘의 콤비 플레이가 이 자리에서 일시적으로 부활했다.

하지만 멀리 떨어진 곳에서 하나둘씩 시체들이 달려왔고, 이내 그들의 주변을 완전히 포위했다. 구울 같은 언데드처럼 느릿느릿한 동작이 아니라 살아 있는 인간과 별 다를 바 없는 속도였다.

레이지는 일행으로부터 한 걸음 앞으로 나오더니 트리플 캐스팅으로 세 개의 주문을 동시에 구현했다. 그는 오른팔과 왼팔을 번갈아가며 지면으로부터 대각선 방향으로 크게 휘둘렀고, 마지막으로 뒤를 돌아보며 오른팔을 내밀었다.

그러자 각기 다른 세 방향에서 뻗어나온 불길이 마치 커다란 뱀처럼 꿈틀거리며 움직이는 시체들을 관통하며 지나갔다. 마지막에는 불길이 붉게 타오르는 뱀의 얼굴로 변하더니 입을 크게 벌려 시체들을 한꺼번에 삼켰다. 불길이 사라지자 여기저기에 불타 버린 시체들의 잿더미가 쌓였다.

"서로 앙숙인 두 국가의 병사들이 한데 뭉쳐서 공격이라니…… 너무나도 역설적이야."

시체들 중 평범한 시민이었던 자들도 끼어 있었지만 대부분 케이서스 공화국과 졸다크 왕국 소속의 병사들로 이루어져 있었다.

모든 인간들에게 공평하게 찾아오는 죽음이 결코 화합할

수 없었던 두 국가를 하나로 묶었다는 사실에 프레드릭의 마음은 무거워졌다.

"제이워드, 이 정도면 충분해. 나머지는 베아트리체님에게 맡겨. 단지 이들을 없애는 것만으로 쉽게 해결될 일이 아니야. 가장 중요한 상대를 위해 힘을 아껴두도록 해."

"알았다."

더 이상 마나를 소모하기엔 관저 안에서 기다리고 있을 상대는 만만치 않았다.

가르시아가 남은 시체들을 처리하기 위해 커다란 검을 뽑아 들었지만, 베아트리체가 그의 등에 손을 얹더니 고개를 가로저었다.

"죽은 자들의 영혼은 그분이 계신 곳으로 제가 보내겠어요."

"……알겠습니다."

가르시아는 검끝을 아래로 내리고 옆으로 물러섰다.

베아트리체는 두 손을 붙잡더니 턱 아래로 가져갔다. 그리고 베르시아 교단의 기도문을 슬픔을 담아 읊기 시작했다.

"베르시아님이시여, 지금 여기에 당신이 약속한 천국으로 가지 못하고 살아 있는 자들에 대한 무한한 증오를 뿜어내는 사자(死者)들이 있습니다."

베아트리체의 몸이 밝게 빛나면서 회색으로 점철된 공간

을 성스러운 빛이 감싸 안았다. 그 빛은 점점 빠른 속도로 퍼져 나가면서 그 안에 들어선 시체들을 반짝거리는 빛의 입자로 변화시켰다.

"……그대의 가호가 이들을 가야 할 곳으로 인도하옵소서. 모든 것은 당신의 뜻대로."

기도문이 끝나자 계속 커져 가던 빛은 거대한 반구형을 이루어 대통령 관저를 뒤덮었다. 서서히 빛이 사라지자 시야가 닿는 곳에는 더 이상 시체들을 찾을 수 없었다. 무수히 떠 있는 빛의 입자들이 하늘을 향해 떠오르더니 서서히 허공 속으로 사라졌다.

베아트리체는 모았던 두 손을 천천히 떼어내고 성호를 그었다.

"관저 안에서 느껴지는 강력한 힘이 신의 인도를 거부했어요. 아마도 건물 안에는 여전히 시체들이 남아 있을 겁니다."

레이지는 마법으로 시력을 증폭시킨 뒤 시선을 먼 곳으로 옮겼다. 저 멀리서 시체들이 다가오고 있었지만 이곳까지 오기엔 많은 시간이 걸릴 것이 분명했다.

"저들은 보이지 않는 곳의 인간까지 감지해서 찾아오는 것 같아. 왜 이 근방에서 살아 있는 자들이 하나도 안 보이는지 이해되는군."

"제이워드, 그렇다면 더 이상 지체해서는 곤란하다."

"나도 동감이야."

레이지를 선두로 그들은 관저 대문을 통과해 정문으로 이어지는 직선로를 걸어갔다.

"······?"

축축한 느낌에 손을 내밀자 물방울이 손바닥 위에 툭툭 떨어졌다. 앞으로의 일을 예견하듯이 하늘은 구름으로 가득 차 있었다.

3

끼이이익······.

마찰음과 함께 정문이 열리자 그 사이로 들어간 레이지 일행은 걸음을 멈췄다.

일반 병사들과 기사들이 걸치고 있는 갑옷에는 케이서스 공화국이 아닌 졸다크 왕국의 문양이 자리 잡고 있었다.

"으어······ 으으······."

특이하게도 중년의 남성으로 보이는 시체의 입에서 신음 소리가 끊이지 않고 계속 흘러나왔다. 반사적으로 검을 들어 올린 프레드릭은 시체의 얼굴을 확인하고선 놀란 눈으로 이름을 불렀다.

"롤리앙스 경?"

그와 같은 졸다크 왕국 소속의 오러 유저인 롤리앙스마저 시체가 되었다는 사실에 프레드릭은 자신도 모르게 검끝을 아래로 내렸다.

그뿐만이 아니었다. 다른 기사들의 얼굴 역시 낯이 익었다. 한때는 제국에 맞서 함께 싸웠던 졸다크 왕국 출신의 기사들이었다. 그리고 소년의 시체를 접하자 그의 눈은 경악으로 가득찼다.

"설마…… 레스톤 전하!"

비록 자신에게 모함을 씌우고 본의 아니게 조국을 떠나게 만든 장본인이었지만, 그런 레스톤을 바라보는 프레드릭의 검에는 망설임만이 가득했다.

"프레드릭, 저들은 더 이상 네가 알고 있는 졸다크 왕국의 인간들이 아니야. 죽어서 영혼이 떠나가 버린 살덩어리에 불과해."

"제이워드, 난 차마 그들에게 검을 휘두를 수가……."

"그래, 그렇겠지."

결국 그들을 저승으로 보낼 일은 프레드릭의 몫이 아니었다.

레이지는 프로스트 엣지를 뽑아 들고서 오러와 마법을 동시에 구현했다. 그리고 앞으로 달려들었다.

프로스트 엣지가 휘둘러지면서 시체들이 하나둘씩 쓰러졌

다. 다시 한 번 살아난 자들이라 하여도 그의 힘을 버텨내기
엔 역부족이었다.

다시 한 번 죽음을 맞이한 자들은 이내 회색의 잿더미로 변
해 바닥에 쌓였다. 그리고 마지막으로 남은 시체는 레스톤 왕
자였다.

"나, 나는… 졸다크 왕국의 왕……."

그토록 죽음을 맞이하기 싫어서였을까.

이제까지 쓰러뜨렸던 시체들과 달리 레스톤의 입에서 목
소리가 흘러나왔다.

"전하! 혹시 아직까지도 의식이……."

"나… 나르디안? 사, 살려줘…… 졸다크 왕국의 왕 따위 양
보할 테니 제발 내 목숨만은……."

그러나 레스톤은 자신을 지켜보고 있는 프레드릭을 알아
보지 못하고 죽기 싫다며 목숨을 구걸했다.

결국 프레드릭은 더 이상 레스톤을 보지 못하고 고개를 떨
구었다. 레이지는 한 번 프레드릭을 바라보고는 프로스트 엣
지를 레스톤의 가슴 한가운데로 찔러 넣었다.

"싫어……. 아파……. 죽는 것은 싫어……."

칭얼거리는 소년의 목소리는 과거 프레드릭에게 검술을
알려달라며 떼를 쓰던 어린 시절로 돌아갔다.

"나는…… 왕자…… 아니, 왕……."

그 말을 끝으로 레스톤은 한 줌의 재가 되어 아래로 후두둑 떨어졌다. 그토록 원하고 결국 손에 넣었지만 허망하게 날려 버린 '왕'이라는 단어를 마지막 순간까지 부르짖으며.

4

콰왕!

관저 정중앙에 위치한 회의실의 문짝이 폭발음과 함께 안쪽으로 날아가더니 바닥에 부딪쳐 길게 미끄러졌다.

레이지는 오른손에 쥔 프로스트 엣지를 앞으로 내밀며 홀로 자신을 기다리고 있던 여성을 가리켰다.

"나르디안!"

"제이워드의 제자로군, 오래간만이다."

나르디안은 레이지에게서 뭔가 알 수 없는 운명을 느꼈다.

둘 사이에 무승부는 존재할 수 없는 단어이며, 어느 한쪽이 먼저 쓰러질 때까지 두 사람의 악연은 끝나지 않을 거라 믿었다. 겨우 단 한 번 맞섰음에도 불구하고.

"프레드릭, 당신도 왔군."

"나르디안, 이것이 당신이 원하던 길이었나?"

"서로 함께 싸우던 대륙 전쟁 시절이 되려 이상했던 거야. 안 그런가?"

제국이라는 공통의 적이 사라진 이상 둘 사이의 공감대는 이미 사라진 지 오래였다.

나르디안은 제이워드가 아닌 레이지 뒤에 서 있는 두 명의 여성을 번갈아가며 쳐다보았다.

"그때 이후로 다시 보기는 처음이지? 엘레노어."

"……."

"베아트리체, 네가 왜 이곳에 나타났는지 이해하기 힘들군. 그동안 교단 내에서 여러 모로 시끌벅적한 일이 많이 일어났던데, 힘도 없이 설치는 모습이 참 가관이었어.

"전 그저 베르시아님의 뜻을 따를 뿐입니다."

"넌 어차피 그 남자를 대신할 용도로 교단으로부터 파견되었을 뿐이야. 지금의 나를 막을 수 있다고 착각하진 않았겠지?"

영웅이라 불리었던 옛 동료 중 유일하게 먼저 가버린 데릭에 대해서는 나르디안마저도 적대감을 드러내지 않았다. 그렇기에 베아트리체에 대해서 좋은 인상을 가지기 힘들었다. 적이든 아니든 간에.

"……데릭 경?"

순간 나르디안은 동료들의 등 뒤를 묵묵하게 지켜주던 남자가 죽지 않고 다시 나타난 듯한 착각에 빠졌다. 하지만 이내 현실로 돌아와 씁쓸한 표정을 지었다.

"아니, 그는 죽었지. 그렇다면 그의 동생 가르시아겠군."

레이지와 함께 온 이들과 이야기를 나눈 나르디안은 뒤돌아서면서 미소를 지었다.

"어때? 살아 있는 인간들에게 이곳을 보여주기는 처음이야. 나와 너무나 잘 어울린다고 생각되지 않나?"

한때 공화국의 미래를 위해 각료회의에 참여해 열변을 토했다. 공화국이라는 나라 특성상 많은 국가들을 적으로 돌려야 했고, 나라를 지키기 위해 많은 피를 흘려야 했다. 더 이상 희생자들의 피가 대지에 흩뿌려져서는 안 된다고 굳게 다짐했던 적도 있었다.

하지만 그녀는 스스로 그 다짐을 무참히 깨뜨렸다.

회의장의 벽과 천장, 그리고 바닥이 온통 피로 적셔 있었다.

그녀의 핏빛 머리카락과 붉게 변해 버린 머리카락은 모든 것이 다시는 원래대로 되돌아갈 수 없음을 의미했다.

"참, 너희들을 위해 마중 보낸 자들은 맘에 들었는지 모르겠어. 고작 이 자리 하나 때문에 날 괴롭히고, 모함하고, 죽이려 했던 자들로만 모았지."

단지 죽이는 것만으로도 그녀의 가슴속 깊은 곳에 쌓였던 분노는 조금도 풀리지 않았다. 죽어서도 저세상에 가지 못하고 죽음의 군대로 포함시킨 후에야 복수가 뭔지 조금 느낄 정도였다.

물론 앞으로 진행될 진정한 '파멸'이 그녀가 그토록 원하던 '복수' 그 자체라 믿었다.

레이지는 이야기가 진행되는 내내 유심히 그녀의 힘이 무엇인지 살펴봤다. 가르시아와 비슷하면서도 제어의 끈을 놓았다는 느낌을 강하게 받았다.

물론 여기 있는 동료들의 힘과 비공정에 남아 있는 자들의 도움이라면 무난하게 승리할 거라 예상했다. 하지만 그런 식의 복수는 뭔가 부족했다.

"여러분들께 단 한 가지, 부탁드릴 것이 있습니다."

100% 성공할 길을 택하지 않고 돌아가는 건 그의 평소 원칙에서 어긋남은 분명하다. 그러나 지금은 이성이 아닌 감성쪽에 몸을 맡기기로 결정했다.

"저와 나르디안과의 대결에 절대 끼어들지 마십시오."

"호오, 너무 과도한 자신감의 표출 아닌가?"

휘리릭!

바람을 가는 소리와 함께 그녀의 보검 아트락스가 다섯 방향으로 분리되어 뻗어나갔다. 갑작스러운 공격을 피하지 못하고 모두의 목에 날카로운 칼날이 채찍처럼 휘감겼다.

챙강!

검날이 박살 나는 소리와 함께 레이지 일행의 목에 감겼던 아트락스의 검날이 산산조각 나 바닥으로 떨어졌다. 가르시아의 몸에서 발산된 힘이 보검 아트락스를 밀어낸 것이다.

"역시 당신의 힘은 나와 같군. 블러디 나이트… 버서커와 달리 힘을 제어할 수 있는 자란 말이지?"

같은 능력을 지닌 자와의 대결은 그 어느 때보다 설레이게 마련이다. 그녀는 이미 한 번 상대했던 레이지보다 가르시아 쪽에 더 관심이 쏠렸다.

"하지만 난 내 힘을 제어할 의지 따위 조금도 없어!"

그녀의 두 손에 실핏줄이 튀어나오며 핏빛 웅덩이가 넓은 회의실 안에서 퍼져 나가기 시작했다.

가르시아는 자신 역시 피를 퍼뜨려 그녀의 영역이 퍼져 가는 걸 막으려 했지만, 그보다 먼저 레이지가 손을 내밀며 저지했다.

"너만 강해졌다고 착각하지 마라, 나르디안!"

화르르륵!

마법진이 구현됨과 동시에 회의실 안을 가득 메운 불길에 핏빛 웅덩이가 말라붙더니 시커멓게 타버렸다. 순간 나르디안은 눈을 깜박이며 놀랐지만, 이내 자신의 눈은 틀리지 않았다는 기쁨으로 변모했다.

"예전에 비해 엄청난 성장을 이루었군. 제이워드의 마나에 버금갈 정도야. 아니, 그 이상일지도 모르겠군. 워락이라기보단 아크메이지에 더 가깝다고 느껴져."

나르디안은 보검 아트락스를 머리 위로 한 바퀴 휙 돌리더니 아래로 강하게 내려쳤다. 그러자 박살 났던 칼날들이 일제히 아트락스의 검신 가운데를 관통하고 있던 와이어에 달라붙었다. 미려한 채찍 형태에서 벗어나 날카로운 가시가 촘촘히 박혀 있는 장미 줄기처럼 변해 버렸다.

"그렇게 나와 단둘이 겨루고 싶다면 응해주도록 하지. 물론 네가 제이워드의 제자인 이상 함께 온 자들이 언제 어디서 개입할 가능성은 항상 염두에 두겠다. 그래 봤자, 어차피 이기는 쪽은 나다."

나르디안은 등에 두르고 있던 네이어드의 망토를 풀어서 오른손에 움켜쥐었다. 그러자 손에서 흘러나온 피로 흠뻑 물들어 버린 망토가 녹아 아래로 흘러내렸다.

"이제 네가 죽거나, 네가 데리고 온 자들마저 죽음에 휘말리는 결론 중 하나뿐이다! 어느 한쪽이 도망치는 결과는 다시 반복되지 않을 것이다."

한번 발동하면 그 어떤 힘도 무시하며 도망갈 수 있는 기회마저 스스로 포기한 나르디안의 기세는 그 누구도 막기 힘들어 보였다.

"제 고집을 받아주셔서 감사합니다."

"제이…… 레이지, 설마 그 주문을 혼자서 완성하진 않았겠지?"

레이지가 아무리 강해졌다 하여도 나르디안 역시 새로운 힘을 얻었기에 타인의 눈으로는 그 어느 쪽의 확실한 우세를 점치기 힘들었다. 엘레노어는 설마 그때 자신의 기분을 엉망진창으로 만들어가며 부탁했던 주문을 결국 레이지 스스로 완성했나 하는 두려움에 떨었다.

"걱정하지 않아도 돼. 설사 완성되었다 하여도 나르디안에게 쓰진 않아."

순간 레이지의 말투가 바뀌자 나르디안의 눈썹 끝이 살짝 꿈틀거렸다. 하지만 이내 대수롭지 않게 여기고 보검 아트락스의 검자루를 움켜쥘 뿐이었다.

콰르릉!

돌연 하늘에서 천둥소리가 울려 퍼졌다.

전투의 시작을 알리는 하늘의 목소리를 들은 레이지와 나르디안은 누가 먼저랄 것도 없이 상대방을 향해 돌격했다.

5

"받아라!"

계속 채찍처럼 휘어지며 레이지를 노리던 아트락스의 검신이 일순간 직선으로 변했다. 나르디안은 레이지의 옆구리를 노리고 연달아 찌르기 공격을 시도했고, 레이지는 블링크 마법으로 잽싸게 뒤로 물러섰다.

블링크는 단 한 번으로 끝나지 않았다. 거듭된 블링크로 인해 레이지의 모습이 잔상으로 남아 나르디안의 전후좌우에 한 번씩 나타났다가 사라졌다. 그녀는 본능적으로 고개를 위로 들어 올렸고, 천장에 프로스트 엣지를 박아 넣어 매달린 레이지의 왼손에서 강렬한 바람이 뿜어져 나왔다.

"그 정도로는 어림도 없어!"

나르디안은 다시 아트락스를 곡선 형태로 변형시키더니 좌에서 우로, 위에서 아래로 연달아 베었다. 그러자 마법으로 형성된 바람이 잘려 나가며 네 갈래로 분리되더니 나르디안을 비켜갔다. 그러나 레이지는 예상했다는 듯 천장에 꽂아 넣었던 프로스트 엣지를 중심으로 마법진을 형성했다.

콰콰쾅!

폭발음과 함께 박살 난 천장 아래로 벽돌이 우수수 아래로 떨어졌다. 두 남녀가 서로 격돌하기 직전 피어오른 먼지는 그들을 지켜보고 있던 이들의 시야를 막아버렸다.

"레이지!"

엘레노어는 그의 이름을 외쳤다.

하지만 대답 대신 두 개의 검이 서로 부딪치며 만들어내는 소리가 쉬지 않고 이어졌다.

펙!

먼지 밖으로 밀려 나간 레이지는 벽에 등을 부딪치면서 피를 토해냈다. 그리고 동시에 나르디안의 몸이 바닥을 구르면서 회의장 구석까지 죽 밀려났다. 대각선 방향으로 솟아난 다섯 개의 얼음창 끝에 핏자국이 선명하게 남아 있었다.

프레드릭은 먼지가 피어올라 각자의 시야가 봉쇄된 그 짧은 시간 동안 선제공격과 반격이 순식간에 이루어진 걸 보고 침을 꿀꺽 삼켰다.

'이전까지 싸우던 방식과는 좀 달라. 워락의 기술은 지금껏 단 두 번만 사용했어. 레이지의 공격 대부분을 마법이 차지하고 있어. 아니, 내가 틀렸어.'

프레드릭이 알고 있는 제이워드는 냉철한 판단 아래 강력한 마법으로 상대를 몰아붙이곤 했다. 레이지가 된 이후론 새로 얻은 오러와 워락의 기술을 응용해 공격했지만, 기나긴 대륙 전쟁을 거치며 익힌 전투 경험은 어디까지나 마법사로서 쌓아올린 것이다. 서클 7이 된 지금의 레이지는 거의 순수한 마법사로서의 전투방식을 고집했다.

반면 그랜드 마스터가 아닌 블러디 나이트로 변한 나르디안의 전투 방식은 큰 변화를 보이지 않았다.

"여전히 상대의 빈틈을 노리는 그 치밀한 성격만큼은 여전하군."

손으로 룬 문자를 그리며 마법을 준비하던 레이지의 말에 나르디안의 눈가가 살짝 일그러졌다.

"날 이전부터 알고 있는 듯한 말투, 엄청 거슬려."

"그래, 잘 알고 있지. 알 수밖에 없었지!"

그렇기에 워락이 아닌 '아크메이지'로서 싸우는 레이지의 움직임은 능숙했다. 방금 전 부상도 상대방에게 더 큰 타격을 입힐 수 있다는 판단 아래 입은 것에 불과했다.

레이지는 내장에 입은 타격을 성직자의 신성력을 빌리지 않고 자신의 마나를 제어하면서 서서히 감소시켰다.

카앙!

검과 검이 서로 부딪치면서 만들어내는 소리가 금세 멀어진 두 사람 사이에서 울려 퍼졌다.

격렬한 전투 중인 두 사람을 레이지가 데리고 온 동료들이 말없이 바라보기만 했다. 회의장이 워낙 넓었던 터라 나르디안이 고의적으로 노리지 않는 이상 전투에 휘말릴 가능성은 적었다. 그럼에도 엘레노어는 두텁게 마나의 장벽을 형성해 자신을 포함한 네 사람을 보호했다.

모두 레이지의 승리를 기원했지만 어느 쪽이 확실히 우세하다고 판단을 섣불리 내리지 못했다. 오직 프레드릭만이 과거 수십 차례에 걸친 제이워드와 나르디안의 대련 과정을 떠올리며 당시의 결과를 되새길 뿐이었다.

'지금쯤이면 슬슬 사용해도 되겠지?'

현재 두 사람만의 전투가 진행된 지 어느새 3시간이란 시간이 흘러갔다. 둘 다 체력적으로 지친 기색은 조금도 엿보이지 않았다. 팽팽히 유지되는 긴장감 속에서 레이지는 왼손을 슬쩍 내리며 베이그란트의 서 표지 위에 올려놓았다.

'내가 스스로에게 건 제약은…… 블러디 나이트의 힘을 사용하는 자에게, 그것도 상대의 왼팔을 공격할 때만 발휘되는 바람의 칼날!'

오러에 휘감긴 프로스트 엣지를 중심으로 작은 마법진이 형성되었다. 레이지가 고개를 숙이자 살짝 떠올랐던 앞머리를 날카롭게 파고든 보검 아트락스의 칼날이 한 웅큼 베어냈다. 왼쪽 눈 아래로 길게 혈흔이 남았지만, 그걸 대가로 레이지의 프로스트 엣지는 나르디안의 왼쪽 겨드랑이에 꽂혔다.

"크아악!"

비명 소리와 함께 거의 밀착하듯 가까이에 붙은 두 사람 사이에서 피가 분수처럼 쏟아졌다.

피가 멈추자 레이지의 머리를 휘감은 아트락스를 보고 엘레노어는 절망에 빠진 나머지 무릎을 꿇으며 몸이 앞으로 기울여졌다.

"엘레노어님! 아닙니다!"

프레드릭의 외침에 엘레노어는 고개를 천천히 들어 올렸다.

얼굴이 온통 상처투성이가 된 레이지의 입가에 미소가 자리 잡았다. 아래에서 위로 크게 휘두른 프로스트 엣지는 나르디안의 왼팔을 어깨로부터 거의 잘라내는 데 성공했다. 방금 전 뿜어져 나왔던 피는 나르디안의 상처에서 흘러나온 것이었다.

'베이그란트의 서에 미리 기록해 두길 잘했어!'

서클 7의 마법사 아크메이지가 된 이후로 서클을 한 단계 올려주는 기능은 무의미해졌고, 모자란 마나를 보충해 주는 성능은 상대적으로 약해졌다. 하지만 미리 작성해 놓은 주문을 캐스팅 시간 없이 단 한 번 즉시 사용할 수 있다는 베이그란트의 서가 지닌 장점은 더욱 증폭되었다.

"으아악!"

레이지는 기어이 나르디안의 왼팔을 베어냈다. 그리고 제자리에서 뛰어오르며 잘려 나간 그녀의 왼쪽 팔을 오른손으로 강하게 움켜쥐었다. 불길이 활활 피어오르며 그녀의 왼쪽 팔은 순식간에 잿더미가 되더니 레이지의 오른손 손가락 사이로 흘러내렸다.

"으으윽… 아아악!"

나르디안의 입에서 비명 소리가 울려 퍼지더니 바닥을 흥건하게 적셨던 그녀의 피가 부글부글 끓어오르기 시작했다. 의외의 상황이 발생하자 레이지는 추가 공격을 멈추고 블링크를 써서 거리를 확 벌렸다.

"크으으윽… 이럴 수는…… 없어!"

천장에 굵은 금이 빠르게 퍼져 나가며 건물 전체가 크게 흔들렸다. 금은 벽으로 옮겨가더니 이내 바닥까지 이어지며 큰 균열을 남겼다.

쿠웅! 콰앙!

더 이상 버틸 수 없었던 회의장 위로 2층이 무너져 내렸다. 연달아 꽹음이 주변에 퍼지며 관저는 폭삭 주저앉은 꼴로 박살 나버렸다.

건물의 잔해가 여기저기 뒤섞여 울퉁불퉁하게 튀어나왔다. 마나의 장벽으로 보호받던 레이지의 동료들의 시선은 어딘가에 파묻혀 있을 레이지를 우선적으로 쫓았다.

"우리들에게 회의실 따위, 너무 비좁은 전장이지 않았나?"

부서진 건물 잔해를 뚫고 나온 레이지의 입에서 가벼운 웃음이 흘러나왔다.

"그렇다면…… 더 이상의 잔재주 따위 피우지 않겠다!"

나르디안의 왼팔은 여전히 잘려 나간 상태였지만 피는 어느새 멈추었다. 그녀의 두 눈에서 흘러나온 피눈물이 빗물에 섞여 볼을 타고 아래로 흘러내렸다.

콰르릉! 쾅!

천둥번개가 연달아 울려 퍼지며 엄청난 폭우가 그들의 머리 위로 쏟아졌다. 옅어진 피웅덩이가 건물 잔해 사이 여기저기에 고였다.

"나, 지금 그대의 무한한 힘을 빌리고자 하오니……."

제이워드 시절 개발했던 서클 7의 전용마법, 피닉스의 주문을 읊는 레이지의 입술은 재빠르게 움직이고 있었다.

"피닉스? 설마 제이워드의 전용마법마저?"

나르디안은 즉시 아트락스를 휘둘러 레이지의 목을 칭칭 감았다.

"……불이란 모든 것을 소멸시킴과 동시에 시작을 알리는 상징, 그 힘을 지금 나는 원하노라……."

살갗을 뚫고 안으로 파고드는 아트락스로 인한 고통 속에서도 레이지의 입은 멈추지 않았다. 나르디안은 아트락스의 검자루를 잡아당겨 레이지를 쓰러뜨리려 했지만, 고도의 집중력을 발휘한 그의 몸은 마치 돌처럼 고정되어 움직이지 않았다. 그리고 오른손을 휙 들어 올렸다.

"모든 것을 불태워 정화시키는 불사조, 피닉스여!"

딱!

활활 타오르는 불길을 깃털처럼 온몸에 휘감고 있는 피닉스가 나르디안을 향해 날아갔다. 지면을 향해 마구 퍼부어진 빗줄기 속에서도 피닉스의 불길은 전혀 사그라들지 않았다.

순간 나르디안은 레이지의 피닉스를 옆으로 피하려는 움

직임을 보였지만, 이내 마음을 고쳐먹더니 정면으로 달리기 시작했다.

레이지의 목을 칭칭 감고 있는 보검 아트락스와 그 검을 쥐고 있는 나르디안 사이와의 거리는 10미터 가량. 그 거리를 이동하기 위해 나르디안은 피로 온몸을 감싼 채로 돌진했다.

그리고 자신의 앞을 가로막은 거대한 불새가 입을 크게 벌리기 직전, 그녀는 아트락스의 검날을 거두어들이더니 와이어에 힘을 주어 검신을 지면과 수평이 되도록 변형시켰다.

화르르륵…….

죽음을 뜻하는 붉은색 피에 둘러싸인 나르디안과 모든 것을 태워서 정화시키는 색의 피닉스가 서로 격돌했다.

"나의…… 패배인가."

피닉스의 불길로 나르디안의 왼쪽 얼굴은 완전히 타버렸다. 시커멓게 그을린 뼈가 사라진 피부 대신 모습을 드러냈다.

두 눈썹 사이를 노리고 찔러 넣은 보검 아트락스의 검끝은 코에 거의 닿을 정도로 가까운 위치에서 멈췄다.

6

"헉, 헉……."

전용마법, 피닉스의 구현을 마친 레이지는 한쪽 무릎을 꿇더니 거친 숨을 내뱉으며 고개를 숙였다.

그가 구사한 피닉스는 나르디안에게 불길을 선사하고 그 뒤로 길게 타버린 흔적을 남겼다. 만약 피닉스가 구현된 방향이 조금이라도 오른쪽으로 더 기울어졌다면 쓰러진 쪽은 나르디안이 아니라 레이지였을 것이다.

"내가 왜…… 진거지?"

나르디안은 네이어드의 망토를 스스로 파괴하면서까지 죽을 각오로 레이지와의 대결에 임했다. 단지 종이 한 장 차이였다는 설명 따위 들어봤자 납득될 리 만무했다.

"검을 서로 겨뤄보고 느낀 점이 있었다."

레이지는 몸을 천천히 일으키더니 나르디안의 오른쪽으로 걸어와 시선을 아래로 내렸다. 여전히 그녀의 오른손은 시커 멓게 타버린 보검 아트락스의 검신을 놓지 않았다.

"너는 죽어도 상관없다는 식으로 검을 휘둘렀어."

"넌…… 달랐다는 말이냐?"

"나는 절대 죽어서는 안 된다는 단호함으로 맞섰다. 단지 '지금' 죽을 수 없다는 결심을 더했지. 내 복수는 여기에서 끝날 수 없으니까."

"그 스승에… 그 제자인가."

나르디안은 자신의 손으로 직접 죽인 옛 동료 제이워드를 떠올리며 두 눈을 지그시 감았다.

하지만 더 이상 레이지는 지금의 그녀 앞에서 계속 '레이지'로 행동할 이유는 없어졌다. 그녀에 대한 진정한 복수를 위해서 반드시 해야 하는 일이 있다.

"나에게 칼을 꽂아 넣고 무사하리라 생각했나?"

"무슨…… 소리지?"

나르디안은 힘겹게 눈을 뜨며 레이지를 올려다보았다.

눈의 착각이었을까.

아직 20살도 안 된 소년의 얼굴 대신 40대 중년에 도달한 노련한 마법사의 얼굴이 대신 자리 잡았다.

"나는 불멸이라고. 원하는 바를 이루기 전까진 절대로 죽을 수 없다."

"불멸? 불멸……."

지겹게 들어왔던 단어였다.

최근에 들은 적은 없었다. 결심을 다진다는 의미로 자주 말하던 남자는 바로 나르디안 본인의 손에 죽었으니까.

"그 말버릇은……. 그래, 제이워드였나. 큭큭……. 그래, 그랬던 건가……."

어떻게 다른 사람의 육체로 되살아났는지에 대해 궁금하지 않았다. 제이워드가 죽지 않았다는 사실 그 자체가 중요했다.

"죽은 자들로 가득한 이 세상에 너 하나쯤…… 살아서 돌아온다고 이상할 건 하나도 없겠지. 아니, 오히려 상대가 너이니 날 이렇게……."

제이워드는 나르디안보다 훨씬 이전부터 복수라는 목적 아래 20여 년이라는 시간을 바쳤다. 결국 복수에 대한 집념이라는 부분에서 그녀는 그를 넘어설 수 없었다.

"넌 진짜로…… 불멸이었군."

"이제 와서 물어봤자 아무런 의미도 없겠지만, 날 죽였던 이유가 도대체 뭐였지? 세상에 대한 증오 때문이었나?"

나르디안은 레이지의 말투에서 분노라든가 비웃음이라든가 하는 감정을 조금도 느낄 수 없었다. 자신을 위에서 내려다보는 그의 눈동자는 그저 차갑기만 할 뿐이었다.

"그래, 증오였다. 이미 알고 있었군. 그렇다면 내가 선택할 길 역시 알고 있는 거 아닌가?"

"그래서 교황과 손을 잡았나?"

"세상의 완전한… 파멸……. 그것을 이루어준다고 그가 약속했다. 베릭쿠스는 그것을 위한…… 배경에 지나지 않아."

"……."

"교황이라는 단어가 직접 네 입에서 나온 걸 보니…… 더 설명할 필요는 없겠군. 큭큭큭……."

거의 폭우에 가깝게 쏟아지는 빗소리 속에서도 그녀의 웃음소리는 유독 레이지의 귓속으로 파고들었다.

"널 죽인 것에 대해서…… 죄책감 같은 건 단 한 번도 느낀 적이 없었다. 난 그날 이후로 모든 것을 잃었으니…… 그 어떤 비난을 듣더라도 괴로워할 이유도 없었으니까."

자신을 위에서 내려다보는 엘레노어와 프레드릭의 얼굴이 시야에 들어오자, 나르디안의 목소리는 더욱 거칠어졌다.

"그리고 어차피… 내가 아니어도 넌 누군가에게 죽을 운명이었어. 영웅이라는 이름은 반드시… 피를 불러오게 마련이니까. 안 그런가? 프레드릭……."

"나르디안…… 경."

"내가 죽어도 파멸은…… 계속 이어진다. 이제 그가 진정한 지옥을 보여줄 것이고………."

그렇기에 레이지에게 졌음에도 끝까지 웃을 수 있었다. 죽음이라는 어둠 속으로 한 걸음씩 걸어가는 데 거리낌이 없었다.

"저 세상에서… 지옥에서 기다리고 있겠다. 복수라는 이름 하에 무수한 인간들을 죽인 네가…… 갈 곳은 나와 똑같잖아?"

세상에 대한 증오는 이미 그녀의 가슴속에서 모두 사라졌다. 오히려 지옥에서 발버둥 칠 인간들을 떠올리며 미소를 지었다.

나르디안은 두 눈을 감고서 자신을 지탱했던 힘이 빠져나가는 걸 담담히 받아들였다. 온몸을 적셔주는 빗줄기가 차갑지 않고 오히려 포근하게 느껴졌다.

"그… 아이는… 어떻게…… 되었지?"

아무런 미련도 없이 입을 다물려던 나르디안은 마지막 남은 힘을 짜내 입술을 움직였다.

"케이트는 무사히 마키스의 품으로 돌아갔다."

"그래……."

엘레노어의 대답을 들은 나르디안의 입가에 지금까지와는 다른 의미의 미소가 아주 짧은 순간 자리 잡았다가 사라졌다.

그 말을 끝으로 나르디안의 머리가 힘을 잃고 오른쪽으로 천천히 기울어졌다.

'드디어 복수가 이루어졌어.'

레이지는 아래로 내린 왼손을 주먹 쥐며 고개를 천천히 하늘을 향해 들어 올렸다.

그러나 복수에 성공했다는 성취감이 느껴지지 않았다. 크루디아 제국을 멸망시켰을 때와는 너무나 판이했다.

'결국 나르디안에 대한 복수는…… 또 다른 시작에 불과해.'

한때 마지막 목표였던 나르디안의 죽음은 어느새 앞으로의 험난한 길을 알리는 시작이 되어버렸다.

"제이워드."

엘레노어는 레이지의 등 뒤로 다가오더니 손에 무언가를 쥐어주었다.

"이걸······."

"아."

나르디안의 목에 걸려 있던 펜던트를 건네받자 레이지는 두 손으로 꽉 움켜쥐었다. 제이워드일 때 단 한순간도 멀리 떼어놓은 적이 없었던, 스승 샤를로트로부터 받았던 유일한 선물이었다.

"스승님······ 이제야 다시 만났군요."

Chapter 72
대정화(大淨化)

1

나르디안의 죽음 이후로 크루디아 제국의 부활을 부르짖었던 베릭쿠스는 더 이상의 활동을 중지하고 모습을 감추었다.

레이지로 부활한 제이워드가 내세웠던 목표 중 하나가 해결되었지만 대륙에 퍼진 혼란은 가라앉기는커녕 반대로 더욱 커져만 갔다.

일부 국가들은 부활하기 전의 시체를 불태우는 임시방편으로 죽음의 군대가 더 이상 퍼지는 것을 막는 데 성공했지만, 공권력이 상실된 지역에서는 통용되지 않았다.

시간이 흘러갈수록 사자부활마법으로 되살아난 죽음의 군대는 그 세력을 점차 넓혀갔다. 급기야는 교단이 지배하는 교황령의 대부분을 삼키기에 이르렀다.

교황령은 죽음과 고통, 그리고 비명만이 울려퍼지는 지옥으로 변해 버렸다. 가까스로 목숨을 건진 자들은 교황령 내에서 유일하게 안전이 보장된 성지 바르디아로 몰려들어 인산인해를 이루었다. 그들은 신(神) 베르시아의 이름을 부르짖으며 언제 자신들을 덮칠지 모르는 죽음과 공포가 하루 빨리 사라지기만을 기도했다.

이에 교황 안드레아는 다음 달 초에 있을, 대성당에서 치러질 정기미사 때 중대 발표가 있을 예정이라고 선포했다. 그러자 교황령이 아닌 다른 국가의 귀족들을 비롯하여 심지어 왕족들마저도 자신들의 조국을 버리고 성지로 발길을 향했다.

신의 이름만이 모든 것을 해결해 주리라는 막연한 기대감을 안고서.

2

베르시아 신성력 1394년 8월 1일.

성지 바르디아에 위치한 대성당 앞은 곧 있을 미사에 참석하기 위한 사람들로 붐볐다. 복사들은 새벽 일찍부터 대성당에 나와 끝이 보이지 않는 사람들의 행렬을 질서 정연하게 정리하느라 구슬땀을 흘렸다. 서로 먼저 성당 안에 들어가겠다며 다투는 이들이 속출했고 지금이라도 당장 성직자가 되고 싶다며 법의를 걸친 자들을 무조건 붙들고 하소연하는 자들이 여기저기에 눈에 띄었다.

어수선하게 변한 성지의 분위기와 대조적으로, 대성당 아래 깊숙한 곳에 자리 잡은 지하 강당 안은 고요할 뿐이었다.

"오래간만입니다, 칸나 자매님."

지하 강당에서 칸나를 기다리고 있던 교황 안드레아는 평소와 다름없이 자비로운 미소를 얼굴에 머금었다.

"이렇게 어둡고 누추한 곳으로 모시게 해서 미안할 따름입니다."

"아닙니다! 예하!"

넓은 지하 강당을 밝히기엔 입구 양옆에 달려 있는 두 개의 횃불만으로는 무리였다. 하지만 교황의 얼굴을 드디어 보게 된 것 만으로도 칸나는 두 다리를 부들부들 떨더니 급기야는 무릎을 꿇고 고개를 조아렸다.

"예하께서 직접 부탁하신 일을 실패한 점, 진심으로 사과드립니다!"

"모든 일은 성공과 실패 두 가지 결과로 이어지게 마련입니다. 반드시 어느 한쪽만의 선택을 베르시아님은 강요하지 않습니다."

"절 버리시지 않으셨군요! 예하의 하늘과도 같은 넓은 도량에 그저 감사할 따름입니다!"

그녀는 눈물을 펑펑 흘리며 마지막 희망이 사라지지 않았음에 진심으로 기뻐했다.

지난 길레터 왕국과의 교섭이 실패한 이후, 칸나는 교황으로부터 어떤 처벌이 내려올지 두려워하며 밤잠을 설쳤다. 그러나 칸나가 성지에 도착했을 때엔 교황은 자리를 비운 상태였다. 고통받은 이들을 구원하기 위한 대순례가 일정보다 길어져 당분간 만나기 힘들다는 통보만 받았다.

그 뒤 칸나는 교황이 성지로 돌아온 이후 몇 번이나 면회를 신청했지만 그때마다 매번 다른 이유로 연기되었다. 두려움은 어느새 초조함으로 바뀌었고 교단에서조차 버림받을 거라는 절망으로 이어졌다.

다행히도 교황이 직접 괜찮다고 말한 이상 자신의 입지는 여전히 유효하다고 한숨 돌릴 수 있게 되었다.

"자매님, 교단을 위해 그 어떤 일이라도 마다않겠다는 의지에는 변함없습니까?"

"물론입니다! 이번에야말로 절대 실수 없이 완벽하게 성공하겠습니다!"

"그렇다면 자매님을 믿고 중대한 일을 맡기겠습니다. 이 안을 잘 둘러보십시오."

순간 넓은 지하 강당의 벽을 타고 수십여 개의 횃불이 동시에 켜졌다. 어둠 속에 가려졌던 여섯 개의 거대한 마나 코어가 모습을 드러냈다.

"이건 마나 코어가 아닙니까?"

"과연 자매님은 현명하시군요."

각각 5미터의 지름을 지닌 마나 코어들의 위치는 정육면체를 상징했다. 그리고 양쪽 벽을 타고 각각 다섯 개씩, 총 10개의 기다란 유리관이 줄지어 놓여 있었다. 칸나는 호기심에 이끌려 오른쪽 벽 맨 앞에 자리 잡은 유리관에 다가갔다.

"히이익!"

그녀는 화들짝 놀라더니 제자리에 주저앉고서 벌벌 떨었다.

"두려워하시지 마십시오. 이분들은 교단을 위해, 그리고 베르시아님을 위해 능력을 바친 자들입니다."

유리관 안에는 30대 중반의 남성이 마치 죽은 듯 두 눈을 감고 누워 있었다.

"시, 시체가 아니었군요."

"시체가 아닙니다. 거룩한 뜻을 위해 스스로를 희생하신 분들이지요."

교황이 시체라는 말은 부정했지만, 그것보다 더 불안한 희생이라는 단어를 언급하자 칸나의 안색은 새하얗게 변했다. 매번 자신의 분수를 모르고 설치긴 했지만, 직접 닥칠 위험 그 자체를 감지하는 부분만큼은 예민했다.

"칸나, 그대의 마나는 베르시아님의 뜻을 위하여 소중히 쓰일 것입니다."

도합 열 개의 유리관 중 왼쪽 벽 맨 앞의 유리관만이 비어 있었다.

"절 믿으십시오."

교황 안드레아는 부드러운 어조로 칸나를 설득했다.

하지만 그녀는 망설이며 뒷걸음질을 쳤다.

"예, 예하! 좀 더 생각할 시간을 주십시오!"

"당신의 거룩한 희생은 베르시아님의 뜻을 널리 알리고 세상을 구하는 데 큰 역할을 할 것입니다."

"저, 저는 그렇게 중대한 일을 맡을 그릇이 못 됩니다! 저보다 훨씬 더 훌륭하고 위대하신 분들에게 양보할 테니……."

그러자 그동안 자비롭고 인자한 이미지만 보여주었던 교황의 얼굴이 심하게 일그러졌다.

"잔말이 많구나!"

"예하?"

"감히 이몸의 부탁을 거절하겠다, 이 말인가?"

교황은 분노를 가득 담은 얼굴로 칸나를 노려보며 심하게 꾸짖기 시작했다.

"하지만 나는 자비롭다. 너의 그릇된 생각에 아랑곳하지 않고 거룩한 희생을 다시 한 번 선택할 기회를 주겠다."

계속해서 희생이라는 단어가 반복되자 칸나는 절망에 빠졌다. 제이워드의 수제자라는 점 하나만을 이용하여 여러 곳에서 이득만을 챙겼던 그녀에게 너무나 큰 손해가 눈앞에 닥쳤기 때문이다.

'이제까지 만나본 그 어떤 집단보다도 최악이야! 희생? 희생 같은 소리 좋아하네! 당장 도망쳐야 해!'

"예하, 제가 잠시 제정신이 아니었나 봅니다!"

그녀는 차가운 땅바닥에 엎드리더니 고개를 조아렸다. 그러면서 교황의 눈을 피해 조심스럽게 룬 문자를 읊기 시작했다. 공간이동마법이 완성될 시간만 번다면 도망가는 건 식은 죽 먹기였다.

하지만 칸나의 몸에서 마나의 흐름이 급격히 변하는 걸 눈치챈 교황은 조금의 망설임도 없이 침묵 지대를 펼쳤다.

"헉! 마, 마법이……"

"내 침묵 지대에선 그 어떤 마법도 통용되지 않는다. 그렇게 많은 마나를 지녔음에도 마법사로서의 자질은 예나 지금이나 부족하기만 하군."

하지만 어차피 교황이 필요로 하는 건 그녀가 지닌 서클 6 의 마나뿐이었다. 인간을 가사상태로 만들어 죽기 직전까지 마나를 뽑아내는 유리관에 가두기만 하면 된다.

"예하! 전 죽고 싶지 않습니다!"

"죽음? 그것이야말로 베르시아님께 가장 가까이 다가가는 지름길이라는 걸 넌 정녕 모르겠느냐?"

칸나는 눈물과 콧물로 범벅이 된 얼굴로 진정한 자비를 구걸했지만, 교황 안드레아는 그녀를 억지로 빈 유리관에 집어넣은 뒤 뚜껑을 닫고 열쇠를 잠갔다.

"자매의 거룩한 희생에 다시 한 번 감사합니다."

다시 원래의 인자로운 표정으로 돌아간 교황이었지만, 이미 실체를 본 칸나의 눈에는 분노만을 일으킬 뿐이었다. 그녀는 좁은 유리관 안에 갇힌 채 두 주먹으로 유리관을 올려쳤다.

"살려줘! 살려달라고! 이런 식으로 죽을 수는 없다고!"

3

"비켜! 내가 너보다 먼저 줄서서 기다리는 중이었다고!"

"밀지 마! 난 자릿세까지 냈다고! 어딜 공짜로 들어가려고 해?"

"뭐가 어째?"

대성당의 입구가 활짝 열리자 그동안 불안에 떨며 밖에서 기다리고 있던 사람들이 일제히 안으로 들어가 대성당을 가득 메웠다. 그 어떤 세력의 침입도 받지 않았던 교황령이 죽음의 군대로 뒤덮이자 사람들은 성지 바르디아 안에서도 대성당만큼은 진정으로 안전하다는 착각에 휘말렸다.

복사들이 대성당 문을 닫으려 하자 사람들의 불만은 결국 폭발했다. 이미 안에 들어와 있던 사람들을 억지로 끌어내며 대신 들어가려는 자들로 인해 대성당 안은 욕설과 폭력이 난무하는 무법지대가 되어버렸다.

"예하 안드레아께서 들어오십니다."

교황 안드레아가 대성당 뒤편에 위치한 전용통로를 통해 안으로 들어오자 서로 싸우던 사람들은 일제히 두 무릎을 꿇고 자신들을 구해달라며 아우성치기 시작했다.

"베르시아님의 어린 양들이여, 마음속의 불안을 거두시고 제 말을 경청해 주시길 부탁드립니다."

그러자 사람들끼리 싸우는 목소리는 금세 사라졌다. 하지만 두려움에 벌벌 떠는 사람들의 울음소리는 여전히 대성당 안을 가득 메웠다.

"여러분들은 선택받은 자입니다. 대성당 안에 들어오신 분들, 밖에서 기다리고 계신 분들, 성지에 들어오신 분들 모두

신의 가호에 의해 보살핌을 받을 것입니다."

성지에 있다는 사실만으로도 교황이 안전하다고 공언하자 사람들의 불안과 공포는 그제야 완전히 사라졌다.

그리고 정기미사가 차분한 분위기 속에서 진행되었다.

평소의 열 배에 달하는 신자들이 모여 부르는 찬송가는 그 어떤 때보다 우렁찼고, 교황의 말 하나하나에 일일이 반응하며 베르시아를 외치는 자들이 속출했다. 결국 미사가 마무리되는 시각에 이르자 사람들은 다시 불안에 빠져 버렸다.

그들이 원하는 것은 교황의 중대한 발표였다. 그것 하나에 모든 희망을 걸고 온 이들의 시선은 교황 한 명에게 집중되었다.

"현재 대륙은 인류 역사상 가장 큰 고난에 처했습니다."

교황 안드레아는 인자한 미소 대신 고개를 살짝 숙이며 슬픈 표정을 지었다.

"하지만 절망 속에서 희망은 피어나게 마련입니다. 죽음의 군대가 성스러운 교황령을 짓밟고 있다는 비보에 저는 슬픔에 빠져 홀로 기도에 임했습니다. 바로 그때, 저는 그분의 말씀을 들었습니다."

'그분'이라는 단어에 신도들은 웅성거리기 시작했다. 기나긴 교단 역사상에서 신의 목소리를 직접 들었다는 기록은 여태껏 발견된 적이 없었다.

교황은 잠시 말을 멈추더니 고개를 들고 신도들을 바라보았다.

"그분의 말씀은 다음과 같습니다. 현재 대륙을 짓밟고 있는 죽음의 군대는 그동안 인간의 마음속에 자리 잡은 악(惡)이 만들어낸 산물이며, 이는 많은 이들의 희생 없이 사라지게 하기엔 불가능하다고 말씀하셨습니다."

희생이 불가피하다는 말에 신도들은 두려움에 떨었다. 그러나 이는 교황이 의도한 바였다.

"하지만 걱정하지 마십시오. 신의 방주(方舟)에 올라선 자들은 악에서 벗어나 평온하게 살아날 것이며, 악을 무찌르는 선으로 자리 잡을 거라며 희망을 알리셨습니다."

"오오!"

"베르시아님이시여!"

희생에서 제외되었다는 말에 신도들은 일제히 신의 이름을 외치며 감격에 젖어 울기 시작했다.

'어리석은 자들이여. 신의 목소리를 진짜로 들을 수 있다고 생각하는 것인가?'

교황은 마음속으로 대성당에 모인 자들을 비웃었다.

만약 일상적인 삶이 반복되는 세상에서 '신의 말씀'을 누군가가 들었다는 이야기를 접한다면, 극히 일부의 신자를 제외하고는 웃기지도 않는 농담이라며 관심조차 가지지 않았을 것이다.

하지만 죽음의 군대로 형성된 불안과 공포는 평소 베르시아교를 믿지 않던 자들마저 독실한 신자로 바꾸는 데 큰 역할을 담당했다. 그동안 죽음의 군대에 온갖 고초를 겪던 사람들인 터라 그저 '신의 말씀'이라는 막연한 표현만으로도 기뻐하며 환호성을 질렀다. 동시에 신의 말씀을 듣고 전달한 교황 안드레아를 진심으로 존경하는 눈빛으로 우러러보았다.

'하지만 이 정도로 만족하면 내가 아니지. 이들로 하여금 나의 거룩한 계획을 보고 증언하도록 이끌어야 해.'

"그리고 오늘이 바로 그 신의 방주가 세상에 모습을 드러내는 날입니다. 이 자리에 모이신 모든 분들은 저를 따라와 주십시오."

4

교황의 중대 발표가 끝난 직후, 수많은 신도들이 대성당을 빠져나와 그의 뒤를 무리지어 뒤따라갔다.

교황은 경호 목적으로 대동한 몇 명의 성당기사단원만 이끌고 북쪽을 향해 걸어갔다. 신도들 대부분이 그동안 제대로 먹지도 잠들지도 못한 터라 피곤한 기색이 역력했지만, 자신들을 구원해 줄 '신의 방주'를 직접 보겠다는 집념 하나만으로 걸음을 옮겼다.

어느새 교황을 뒤따르는 신도들의 수는 5,000여 명에 달했다. 일부 신도들은 맨발로 땅을 밟으며 성지순례 길을 떠나는 고행자의 모습을 따라 했다. 막상 그들은 성지 중심으로부터 멀어져만 갔지만.

1시간에 흐른 뒤에야 교황은 멈춰 섰고 신도들은 땀으로 범벅이 된 몸으로 주저앉았다.

"여러분들은 신의 방주가 어디에 있다고 생각하십니까?"

교황의 질문에 신도들은 일제히 목소리를 높여 각자 다른 의견을 피력했다. 하늘 높은 곳에 위치한 천국에 있다는 대답, 바다 깊은 곳에 있을지 모른다는 추측 등등 다양한 이야기가 오갔다.

"지금 이 자리에서 신의 방주를 직접 보여 드리겠습니다."

교황의 말에 신도들은 약속이라도 한 듯 동시에 입을 다물었다.

"신의 방주를 부르기 위해선 그 무엇보다 여러분들의 순수한 신앙심이 필요합니다. 모두 무릎을 꿇고 주기도문을 읊어 주십시오. 부탁드립니다."

이제 신도들은 완전히 교황의 꼭두각시가 되어버렸다. 그가 시키는 대로 기도를 시작했고, 엄숙한 분위기가 신도들 사이에 감돌았다.

교황은 신도들과 같은 방향으로 몸을 돌리고서 기도를 외우는 척 두 손을 모았다. 그가 기다리는 건 존재 자체가 의심되는 순수한 신앙심의 집결이 아니라 대성당 지하 강당에 설치된 마나 코어의 구동이었다.

오늘 칸나를 마지막으로 마나 코어에 지속적인 마나를 부여해 줄 '희생자'들이 모두 모였다. 그들은 살아 있으되 유리관 속에 갇혀 그저 마나만을 죽는 순간까지 제공해 주는 역할을 담당했다. 물론 자청해서 희생자가 된 이는 아무도 없었다.

"이, 이게 뭐지?"

"지진인가? 으악!"

"베르시아님의 진노다! 그분은 결국 우리들을 버리시려는 거야!"

갑자기 지면이 흔들리기 시작하면서 쓰러진 신도들은 서로 뒤엉켜 혼란에 빠졌다. 하지만 교황은 두 다리로 꼿꼿이 서서 기도를 계속했다.

"두려워하지 마십시오. 이것은 베르시아님의 분노가 결코 아닙니다. 신의 방주가 모습을 드러내기 위한 과정에 불과합니다. 기도를 계속하면서 신앙심을 증명해 주십시오."

시야가 아래위로 크게 흔들릴 정도의 지진 속에서도 교황이 침착한 목소리로 이야기하자 신도들은 바짝 엎드리더니 두 손으로 땅바닥을 짚고 고개를 숙였다.

그렇게 10여 분이 흘러가자 더 이상 지진은 일어나지 않았다. 하지만 다시 찾아올지 모른다는 두려움에 고개를 드는 신도는 아무도 없었다.

"모두 고개를 드십시오."

교황의 허락이 떨어진 후에야 고개를 든 신도들은 순간 자신들의 눈을 의심했다.

"이, 이게 어떻게 된 일이지?"

"앞으로 와보라고! 지금 땅이…… 떠오르고 있어!"

"뭐? 말도 안 돼!"

그들은 교황 주위에 가로 방향으로 길게 진영을 이루어 몰려들었다. 그리고 태어나면서 단 한 번도 겪어본 적 없는 일에 멍하니 입을 벌리기만 했다.

교황령의 수도 성지 바르디아가 지상으로부터 떨어져 나와 하늘을 향해 천천히 떠오르고 있었다. 신도들은 이젠 지상이 아닌 공중도시가 되어버린 바르디아의 가장자리에 모여 계속 멀어져만 가는 지상을 바라보았다.

"신의 방주, 그것은 다름 아닌 성지 바르디아를 지칭하는 말입니다. 여러분들은 신의 방주를 타신, 진정으로 선택된 분들입니다."

"와아아아!"

신도들은 환호성을 지르며 기쁨의 눈물을 감추지 못했다.

죽음의 군대가 도달할 수 없는 하늘에 머무를 수 있다는 사실만으로도 기쁜 그들에게 신의 방주에 선택된 자들이라는 우월감은 많은 것을 가져다주었다.

그들은 신의 말씀을 듣고 자신들을 구원해 준 교황 앞에 누가 시키지도 않았음에도 무릎을 꿇고 두 손 모아 기도문을 읊기 시작했다. 더 이상 교황은 단순한 교단의 수장이 아니었다. 신을 믿는 자들에게 '처음으로' 신의 구원을 중재해 준 인간 이상의 존재로 인식되었다.

"아직 끝난 것이 아닙니다."

하지만 교황은 이것만으로 만족하지 않았다.

신에게 도움만을 받는 인간은 어느 순간부터 신에 대한 두려움을 상실하고 경건함을 잃게 된다.

신은 모든 것을 줄 수 있음과 동시에 모든 것을 빼앗을 수 있는 존재 두 가지로 인식되어야 한다. 성지 바르디아를 하늘로 띄워 모든 것을 주었으니, 이번에는 빼앗을 수 있는 힘을 보여줄 차례였다.

"악에 의해 저주받은 지상을 보십시오."

이젠 신의 방주라는 새로운 이름을 얻은 성지 바르디아가 높이 올라가면 올라갈수록, 죽음의 군대에 지배된 지역이 시야에 들어오기 시작했다. 물론 이전처럼 죽음의 군대를 두려위하는 기색은 전혀 없었다.

"이제 베르시아님에 대한 여러분들의 믿음으로 힘을 얻어 악을 무찌르는 모습을 보여 드리겠습니다."

"오오오!"

"그분의 이름을 찬양하라!"

죽음의 군대에 쫓기며 생명의 위협을 느꼈던 신도들은 신의 방주에 오름으로서 독실한 신자가 되었다.

이제 그들의 믿음이 그토록 그들을 괴롭혀 왔던 악을 무찌르는 힘이 된다는 말에 또 한 번의 변화를 맞이하기 시작했다.

바로 광신도(狂信徒)로.

"베르시아님에 대한 믿음을 저버리지 마십시오. 자, 베르시아님을 위한 기도를 올립시다."

"베르시아님이여!"

"악을 용서치 말아주소서!"

"저주받은 대지를 정화하소서!"

두 손을 모으고 기도문을 외치는 그들의 눈동자에 서서히 광기가 드리워졌다.

그러자 신의 방주의 중심에 위치한 대성당 아래로 거대한 빛기둥이 형성되었다. 지상까지 이어진 기다란 빛기둥의 지름이 서서히 커지기 시작하더니, 이내 성지 바르디아를 넘어

서서 죽음의 군대가 넘쳐 나는 교황령까지 뒤덮었다.

콰아아앙!

빛기둥이 사라지면서 일어난 폭발음이 지면을 타고 넓게, 하늘을 향해 높게 울려 퍼졌다.

5

빛기둥이 폭발하며 죽음의 군대를 포함한 모든 생명체를 불태우던 그때, 성지 바르디아 상공을 맴도는 와이번들이 있었다.

그들은 페르디어스 왕국 출신의 팰컨 왕자와 그가 이끄는 와이번 라이더들이었다. 권력을 잡는 데 실패한 팰컨 왕자는 비공정의 침입을 사전에 감지하기 위해 페르디어스 왕국 곳곳에 퍼뜨렸던 와이번 라이더 중 일부를 이끌고 교단에 귀의했다. 그 증거로 갑옷에는 베르시아 교단의 십자가가 한가운데에 자리 잡고 있었다.

애초에 하늘을 난다는 사실 그 자체가 생소하지 않은 그들에겐 공중에 떠오른 성지 바르디아가 대단하게 느껴지긴 해도 신의 뜻이라고 여기지 않았다. 단, 성지 바르디아 아래로 뿜어져 나온 거대한 빛기둥이 만들어낸 '정화(淨化)'를 목격하고 겁에 질렸다. 지난번 페르디어스 왕국의 수도에 등장했던 비공정의 오러 캐넌은 빛기둥의 폭발에 비하면 아무것도 아니었다.

"저것이 바로 정화인가……. 정말 대단하군."

팰컨 역시 놀라기는 마찬가지였다.

그리고 동시에 안도했다. 만약 트레이지아 공주를 죽이고 페르디어스 왕국의 왕이 되었다 한들, 베르시아 교단에 귀의하지 않았다면 언젠가 죽음의 군대로 뒤덮인 자신의 왕국이 정화라는 이름하에 소멸될 것이 뻔했기 때문이다.

'게다가 비공정 따위와는 비교도 할 수 없을 정도로 방대한 이 신의 방주……. 이걸 차지할 수 있다면 진짜 대륙을 내 손아귀에 넣는 것도 꿈만은 아니다.'

애초부터 베르시아 교단의 신도가 아니었던 그에게 신의 방주라는 이름으로 떠오른 성지 바르디아와 정화라는 이름으로 폭발한 빛의 기둥은 그저 막강한 병기로만 인식될 뿐이었다.

그는 끝내 자신의 왕국을 세우겠다는 허황된 야망을 버리지 못했다. 오히려 대륙 전체를 지배하는 제국을 세우겠다고 새롭게 결심할 뿐이었다.

"흐음?"

뭔가 이상한 낌새를 느낀 팰컨은 와이번을 조작해 정반대 방향으로 돌렸다. 포스의 힘으로 시력을 증폭시킨 그의 시야에 기존 페르디어스 왕국 소속의 와이번 라이더가 모습을 드러냈다.

"레니! 여동생의 부관이다!"

팰컨은 레니의 얼굴을 확인하자마자 이를 득득 갈았다. 그녀가 비공정에 투항한 순간부터 모든 일이 꼬이기 시작했기 때문이다. 팰컨은 목에 걸고 있는 작은 피리를 불어 부하들을 즉각 불렀다.

"정찰병이다! 공격해라!"

와이번 라이더들은 팰컨 왕자가 가리키는 방향을 주시하더니 레니를 발견하고는 빠른 속도로 그녀를 추적하기 시작했다. 레니는 뒤늦게 자신이 들켰음을 알고서 비공정이 있는 방향으로 와이번의 머리를 급하게 돌렸다.

"절대 놓쳐서는 안 된다! 추격해서 반드시 숨통을 끊어야 한다!"

팰컨 왕자는 와이번의 고삐를 강하게 내려쳤다.

6

비공정 콜드란세호가 케이서스 공화국을 지나 졸다크 왕국에 머무른 지 보름이라는 시간이 흘러갔다.

레이지 일행은 그 전까지 죽음의 군대를 소멸하기 위해 대규모 마법으로 시체들이 보이는 족족 불태웠다. 나르디안과 교황과의 관계를 생각하면 절대 존재해서는 안 되었기 때문이다.

사실 죽음의 군대를 만든 장본인이 교황이라는 사실을 대륙의 모든 국가들에게 알리고 협공을 펼쳐야 한다는 의견이 제시되기도 했다. 덧붙여서 시간회귀마법으로 안드레아가 기존 역사를 뒤집어엎고 '신'이 되려는 야망 아래 추진하는 음모도 알려야 한다는 목소리까지 나왔다.

하지만 교황은 그동안 베릭쿠스의 만행으로 피폐해진 대륙을 직접 돌아다니며 수많은 이들에게 선행을 베풀었기에 확실한 증거 없이 몰아붙이기는 무리였다.

게다가 서클 0의 존재가 만천하에 알려진다면 교황처럼 야망을 품고 세상을 다시 뒤집어엎으려는 이들이 나타날 것이 분명했다. 그가 알지 못하는 누군가에 의해 또 한 번 시간이 되돌려질 가능성도 존재했다.

결국 레이지는 직접 죽음의 군대를 등장하는 족족 소멸시키는 비효율적인 방법을 선택하고 진행했다.

그러나 그 노력은 곧 한계에 부딪쳤다.

고유 마법이 아닌 서클 7의 전용마법으로 수많은 시체들을 없앤다 하여도 인간의 마나는 무한하지 않다. 결국 죽음의 군대가 발생하는 근본 원인을 찾아 교황과 어떤 관계가 있는지 밝혀내는 쪽으로 방향을 돌리기로 결정했다.

*　　　*　　　*

페르디어스 왕국의 공주 트레이지아는 오늘 교황 안드레아가 성지 바르디아에서 중대 발표를 한다는 소식을 접하고, 가장 정찰 능력이 뛰어난 부관 레니를 단신으로 보냈다. 그녀는 레니가 무사히 돌아오기를 초조하게 기다리며 교황령이 있는 동북쪽 하늘을 아침부터 저녁이 다 되어가는 지금까지 바라보고 있었다.

"레니!"

트레이지아는 저 멀리서 비공정을 향해 날아오고 있는 레니의 와이번을 발견하고는 즉시 자신의 와이번을 몰고 급히 날아갔다.

팰컨 왕자의 집요한 추적을 겨우 벗어난 레니는 트레이지아 공주의 와이번이 시야에 들어오자 안도한 나머지 와이번 위에서 그대로 기절해 버렸다. 그녀가 타고 온 와이번의 두 날개는 스피어에 맞아 온통 찢겨졌고, 그 외 옆구리에 스피어가 두 개나 꽂혀 있었다. 이런 와이번을 몰고 비공정 근처까지 날아온 일 자체가 기적이나 다름없었다.

트레이지아는 기절한 레니를 자신의 와이번에 옮겨 태운

뒤 급히 비공정으로 귀환했다.

"레니! 괜찮은가?"

"아…… 트레이지아 공주님!"

눈을 뜬 레니는 다급히 와이번 위에서 뛰어내리며 경례를 했다.

"걱정을 끼쳐 드려서 정말 죄송합니다. 그것보다 급히 알릴 게 있습니다."

"다급한 일이 아니면 우선 쉬도록 해라."

"당장 알리지 않으면 안 되는 일입니다."

성지 바르디아에서 멀리 떨어진 상공에서 상황을 관찰하던 레니는 거대한 도시가 하늘을 향해 떠오르는 광경을 보고 놀라지 않을 수 없었다.

하지만 그건 약과였다. 거대한 빛기둥이 폭발하면서 지상의 모든 것을 소멸시킨 장면은 보고 있는 것만으로도 등골이 오싹했다. 팰컨 왕자의 추적은 그에 비하면 아무것도 아니었다.

"저는…… 진정한 지옥을 보고야 말았습니다."

7

레니의 보고를 받은 비공정 안 함장실의 분위기는 분주하게 돌아갔다.

페일은 제어판을 열심히 두들기며 성지 바르디아의 위치를 좌표로 정리해 해당 지역을 전광판으로 출력시키는 일에 정신이 없었다. 트레이지아의 심복이기도 한 레니의 말을 믿지 않은 건 아니었다. 하지만 너무나 믿기 힘든 정보였기에 전광판을 통해 직접 확인하기로 결정했다.

"뭐야? 성지 바르디아의 좌표가 두 개 존재하는데…… 어떻게 된 거지?"

교단의 수도인 만큼 그 어떤 곳보다 강력한 신성력이 존재하는 곳을 타겟으로 잡아 계산했는데, 엉뚱하게 기존에 입력했던 위치와 다른 또 하나의 좌표가 감지되었기 때문이다.

"그렇다면 레니님의 말대로 성지가 공중에 떠올랐다는 이야기가 사실일 가능성이 크겠군요."

"우선 두 곳 모두 출력해 볼 테니 잠시만 기다리라고. 우선 구좌표가 가리키는 곳부터."

페일은 자신의 앞에 끌어다 놓은 세 개의 제어판 중 왼쪽 제어판을 빠르게 조작했다. 그러자 전광판 화면에 지지직하는 소리와 함께 대각선 방향으로 그어진 하얀선이 위에서 아래로 끊이지 않고 계속 이어졌다.

페일이 몇 번 제어판을 두들기자 지정된 좌표가 가리키는 지역의 모습이 전광판에 출력되었다.

"저 커다란 구멍은 뭐야?"

성지 자체를 본 적이 없는 페일의 눈에는 엄청나게 푹 파인 땅만이 보일 뿐이었다.

"저곳이 성지 바르디아가 있었던 터로군요."

"뭘 퍼냈는지 몰라도 구멍의 지름이 웬만한 도시 하나는 집어삼킬 정도의 크기잖아? 아니, 원래 도시였던 곳이니 당연한 말이로군."

페일은 고개를 갸웃거리며 새로 감지한 좌표를 기반으로 두 번째 화면을 전광판에 출력시켰다. 그러자 함장석에 앉아 있던 엘레노어가 자리에서 벌떡 일어섰다. 제어석의 메이드들 역시 일제히 몸을 일으키더니 멍하니 제어판을 응시하며 어이가 없다는 표정을 지었다.

"저, 저건?"

"또 다른 비공정이 있었나요?"

"아냐, 콜드란세호의 수십 배는 되어 보여. 아니, 훨씬 더 클지도 몰라!"

성지 바르디아가 하늘에 떠 있는 광경은 비공정의 승무원들에게 큰 충격이었다. 또 다른 비공정이 실제로 존재하는지에 대해 엘레노에게 질문이 집중되었다. 그녀는 손을 저으며 흥분한 메이드들을 진정시킨 뒤 전광판에 비춰진 성지 바르디아를 유심히 살펴보았다.

"저 정도 크기의 비공정은 고대 문명 시절에도 기록된 바 없다. 가능하다 하여도 마나 소모가 너무나 비효율적이야. 1년 정도 가동시키기 위해선 최소 30~40년 동안 마나 코어 충전에 매달려야 해."

엘레노어의 설명에도 전광판을 바라보는 메이드들의 놀람은 전혀 가라앉지 않았다.

"대신 공중도시라는 개념에 적용될 수는 있을 거다."

공중도시는 더 이상 인간이 살기에 비좁아진 지상을 대신하여 드넓은 허공에 건설한 도시로서, 고대 문명에 존재했다고 알려져 있다. 이는 비공정을 거대화시키는 과정에서 소모되는 마나에 비해 구동 효율이 너무 떨어진다는 단점을 극복하는 과정에서, 아예 비공정의 빠른 속도를 배제하고 수송능력과 거주지로서의 가치를 부각시킨 결과물이다.

"그것보단 원래 성지가 있었던 곳 주변을 비춰주세요."

"잠시만 기다리라고. 흐음, 배율을 좀 더 줄이고 좌표를 살짝 변경하면……."

공중에 떠 있는 성지 바르디아의 모습이 반짝하는 빛과 함께 사라지고 새로운 화면이 전광판에 출력되었다.

"……."

그리고 함장실 내의 모든 이들은 말을 잃어버렸다.

원래 죽음의 군대가 넘쳐흐르는 교황령은 죽음의 대지나

마찬가지였다. 하지만 지금 그들이 보고 있는 장면은 그 죽음의 군대조차 사라진, 아니, 지상 위에 그 어떤 것도 존재하지 않는 완전한 소멸을 의미했다.

나무 하나, 풀 한 포기 보이지 않은 허허벌판에는 모래바람이 불고 있었다. 페일이 몇 번이나 좌표를 바꾸어가며 원래성지 바르디아가 있었던 지역들을 출력시켰지만 아무것도 존재하지 않는다는 사실에는 변함없었다.

"레니님, 이것이 교황이 신의 이름을 빌어 시도한 '정화'의 결과입니까?"

"그 거대한 빛기둥이 폭발하면서 일어난 현상을 의미한다면…… 맞습니다."

레니는 직접 두 눈으로 확인하고도 믿기지 않는지 전광판에서 눈을 떼지 못했다.

"이건 정화라는 명목하에 진행되는 소멸이야."

엘레노어는 여전히 허허벌판만을 비추고 있는 전광판에서 시선을 떼버렸다.

"도대체 어떤 마법을 쓰면 저런 결과가 발생하는 거지? 전용 마법을 쉬지 않고 열 번 연달아 써도 불가능한 현상이야."

8

엘레노어의 호출을 받고 자신의 방에서 함장실로 달려온 레이지는 '정화'가 이뤄진 교황령을 전광판을 통해 뚫어져라 응시했다.

"지상에 있는 모든 인간, 생명체를 죽일 작정인가? 교황 은?"

나르디안의 말대로 세상을 파멸시키려는 목적이라면 죽음의 군대로 대륙 전체를 뒤덮기만 해도 성공이다.

하지만 지상 위의 모든 생명체를 정화라는 이름하에 소멸시키는 건 이야기의 차원이 다르다. 죽음의 군대는 대륙을 죽은 자들만으로 채울 수 있지만, 정화는 그것조차 부정하며 살아 있는 것 자체가 존재하는 걸 부정해 버린다.

'무엇보다 이미 죽음의 군대를 만든 것에 만족 못하고 이런 식의 소멸을 왜 시행하는지 의도를 파악하기 힘들어. 레니의 설명만 들어도 엄청난 양의 마나가 소모될 텐데……'

만약 교황이 자신을 신처럼 떠받을 신도들을 모으는 목적이라면 조금이나마 이해될 구석은 존재한다. 공포 다음에 기적이라는 이름의 희망을 부여함으로써 열성적인 신자를 끌어모으기 훨씬 용이해질 테니까.

하지만 교황이 단지 신처럼 떠받들여지기를 원해 시간회귀마법을 사용했을까?

아니다.

그는 진짜 신이 되려는 야심을 품고 있다. 그렇기에 정화라는 방법까지 도입한 건 여러 모로 무리수라고 판단되었다. 신의 존재 가치는 어디까지나 신을 믿고 떠받드는 인간이 많을수록 두드러진다. 그런데 죽음의 군대만을 골라 죽이는 방식이 아닌, 어딘가 살아 있는 인간이 존재할지도 모르는 지상을 소멸시키는 방법은 너무나 극단적이었다.

'그가 어떤 식으로 신이 되려는지 알 수만 있다면⋯⋯.'

레이지는 목에 건 펜던트를 오른손에 쥐고 어루만졌다. 다시 돌아온 펜던트는 그의 유일한 위안이었다.

복잡하게 엉켜가기만 하는 상황 속에서 레이지는 두 눈을 지그시 감고 생각에 잠겼다.

문득 나르디안이 남겼던 말이 떠올랐다. 그녀가 자신을 배신하면서까지, 그리고 죽기 직전까지 매달렸던 단어의 의미를 되새겼다.

'파멸.'

그 순간 레이지는 신의 존재 가치에 대해 다른 방향으로 생각하기 시작했다.

'신은 믿어주는 이가 있을 때 그 존재가 인정돼. 하지만 진짜 신이라면⋯⋯ 믿어줄 인간조차 만들 힘을 소유하게 될 거야.'

그렇다면 살아 있는 인간이 있든 말든 상관없는 문제가 된다. 신이 직접 파멸을 선택해 모든 생명체를 없앤다 하여도 다시 만들면 그만이다.

'모든 생명체의 완벽한 파멸……. 신은 그런 파멸을 이끌더라도 혼자서 살아남을 수 있고, 다시 생명체를 창조해 낼 수 있는 유일한 존재. 그렇다면!'

그리고 또 하나의 풀리지 않았던 궁금증이 풀리기 시작했다.

신이 되기 위한 조건 중 하나인, 세 가지 서클 '0'의 마법 사용의 모순점이 해결되었다.

'영혼전이마법은 영혼이 정착할 인간의 육체를 지정하지 못해. 하지만 그 범위를 좁힐 수는 있어!'

바로 신이 되려는 자와 영혼전이마법으로 새 육체를 제공해 줄 인간.

이렇게 단 두 명만이 이 세상에 존재한다면 영혼전이마법의 단점은 감쪽같이 사라진다.

'그리고 인간이 지닌 네 가지 힘을 얻은 방식을 이렇게 조율하면…….'

오러와 마법은 그동안 교단에서 비밀리에 진행된 연구로 인해 비약적인 성과를 거두었다. 그동안 불가능하다고 여겼던 자신의 오러나 마법 능력을 타인에게 옮기거나 그 반대도 가능해졌다. 실제로 그러한 방식으로 교황 안드레아는 트리플 마스터의 길을 걷고 있고, 이미 되었을 가능성도 농후하다.

하지만 나머지 두 가지 힘, 신성력과 포스에 관해서는 불가능한 일이다. 그러나 이건 서클 0의 마법이 지닌 특성을 이용해서 해결 가능하다.

'먼저 신성력을 지닌 인간이 시간전이마법을 이용해 과거로 돌아간다. 신성력은 태어날 때부터 신에게 선택받아 지니는 능력이기에 과거로 돌아가도 여전히 존재하지. 그리고 자신을 제외한 모든 인간을 소멸시킨 뒤, 이계소환마법으로 포스 능력을 지닌 인간 한 명만을 소환한다. 이 상태에서 영혼전이마법을 시도하면서 원래 육체에서 골라갈 능력을 신성력으로 고른다면……'

네 가지 힘을 소유한 유일한 인간이 된다.

그것이 바로 신(神).

"그래, 그랬어."

레이지는 드디어 교황 안드레아의 의도를 정확하게 파악했다. 그리고 왜 정화라는 이름의 소멸…… 아니, 파멸을 시도하는지도 알게 되었다.

『불멸의 대마법사』 9권에 계속…

강한이 장편 소설

CASTLE OF ANOTHER WORLD
이계 마왕성

『이계만화점』의 작가 **강한이**가 돌아왔다.
그가 전하는 신개념 마왕성의 이야기!

가족을 잃고 더부살이로 받던 설움을 떠나
서울로 상경해 우연히 얻은 셋방
그곳 지하실에서 채빈의 불행한 인생이 뒤엎어진다!

이계마왕성!

그곳에서 배워라, 지혜가 되리라!
그곳에서 얻어라, 내 것이 되리라!

마왕이 아니다. 마왕성을 이용하는 현대인일 뿐.

마왕성의 사나이, 그가 이제 날아오른다!

Book Publishing CHUNGEORAM

유행이 아닌 자유추구 -

WWW.chungeoram.com

김현석 현대 판타지 소설

전능의 팔찌

THE OMNIPOTENT
BRACELET

「신화창조」의 작가 김현석이 그려내는
새로운 판타지 세상이 현대에 도래한다!

삼류대학 수학과 출신, 김현수
낙하산을 타고 국내 굴지의 대기업 천지건설(주)에 입사하다!

상사의 등쌀에 못 견뎌 떠난 산행에서, 대마법사 멀린과의 인연이 이어지고……

어떻게 잡은 직장인데 그만둘 수 있으랴!

전능의 팔찌가 현수를 승승장구의 길로 이끈다!

통쾌함과 즐거움을 버무린 색다른 재미!
지.구.유.일.의 마법사 김현수의 성공신화 창조기!

Lord of MAGIC
마탑의 영주 TOWER

유왕 퓨전 판타지 소설

최대 장르 사이트 문피아 선호작 베스트!
작가 유왕이 그려내고,
청어람이 펼쳐내는 신마법의 세계!

『마탑의 영주』

마법이 사라지고,
드래곤은 환상 속의 신화가 되어버린 세계.
누구도 그 흔적을 알지 못하는 세계.

"마법이 사라졌다고? 누가 그래? 내가 있는데!"

위대한 마법사이자 마지막 마법사인
스승의 진전을 이은 카르!
황폐해진 영지를 되찾고, 마법사들의 꿈인 마탑을 세워라!
세상에 오직 하나뿐인 새로운 마법의 시대를 여는
독보가 펼쳐진다!

Book Publishing CHUNGEORAM

TURNING POINT 터닝 포인트

홀로선별 장편 소설

**영빈!
동정의 몸이 되어
20년 전으로 회귀하다!!**

나이 서른아홉 모든 것을 잃고 한강 다리 위에 올랐다.
검푸르게 넘실거리는 깊은 물을 대면한 순간.

운.명.은 이루어졌다!

정령의 힘으로 결의한 지금
새로운 인생의 전환점을 넘어 미래가 펼쳐진다!

『터닝 포인트』

홀로선별 작가의 새로운 도전이 펼쳐진다!

Book Publishing CHUNGEORAM

제국의 군인

요람 판타지 장편 소설

Power of Empire

마도제국 알스테르담
그곳에 펼쳐지는 웅장한
스펙터클의 전율!

『제국의 군인』

"이런 미친……!"
분명 어제 전역을 했었다.
그리고 진탕 술을 마셨었는데……
눈을 떠보니 김철영이 아닌 휘안이다.

**살아남기 위해 미친개가 되었고,
돌아가기 위해 수문장이 되었다.**

징집병으로 시작해,
군인으로 정점을 찍은
한 사나이의 이야기가 시작된다!

유행이 아닌 자유추구 -
WWW.chungeoram.com